蛇含草
小鳥神社奇譚

篠　綾子

幻冬舎時代小説文庫

蛇含草

小鳥神社奇譚

蛇含草

小烏神社奇譚

目次

一章　父子の旅人

一

梅雨《つゆ》が明けて、夏の陽射《ひざ》しが照りつけるようになると、小烏《こがらす》神社の庭に生えている草々はぐんと力強さを増した。医者で本草《ほんぞう》学者の立花泰山《たちばなたいざん》が日々神社を訪れるのは相変わらずだが、草々の勢いに合わせて、泰山も元気になっていくようだ。

「医者先生は時々、草に向かって話しかけているぞ」

泰山の様子を観察していた小烏丸は、ある日吃驚《びっくり》した様子で、竜晴《りゅうせい》と抜丸《ぬけまる》に報告した。

「そんなのは前々からだ」

と、抜丸は大して驚きもしない。

小烏丸も抜丸も古い名刀の付喪神《つくもがみ》なのだが、その姿は小烏丸が名前通りのカラスで、抜丸が蛇である。抜丸は泰山が世話する薬草の育ち具合を、いつも地面を這《は》い回りながら確かめていた。泰山が神社にやって来た時は絶対に姿を隠すと決めているが、縁の下や草むらなどから、泰山の様子をこっそり眺めていたらしい。

「あの先生が独り言を口にするのはめずらしくない」

それがどうした、という口ぶりで、抜丸は言った。一方、竜晴はと言えば、小烏丸の報告にさして興味はないというふぜいで、手にした書物から目を離そうともしない。

期待通りの反応を得られなかったことで、小烏丸が機嫌を損ねた時、

「おうい、竜晴。邪魔させてもらうぞ」

と、件《くだん》の医者の声が玄関の方から聞こえてきた。竜晴が書物から目を上げ、小烏丸と抜丸は「おや」という眼差《まなざ》しを交わし合った。

「めずらしいな。医者先生が玄関で声をかけてくるなんて」

と、小烏丸が呟《つぶや》く。というのも、泰山はまっすぐ庭の薬草畑に向かい、そこから竜晴に声をかけることが多いからであった。

「あの先生がまともに玄関へ回る時に限って、ろくなことはない」

厳しい口調で言ったのは抜丸である。

竜晴は付喪神たちの会話には加わらず、

「ああ、勝手に入ってくれ」

と、声を張って泰山に答えた。

「そうさせてもらうが、他に連れが二人いる。一緒にいいか」

玄関口から泰山の声が再び聞こえてくる。他に客がいると聞いて、迎えに出ないのもおかしかろうと、竜晴は立ち上がった。部屋を出ていく直前、振り返って、

「お前たちはどこにいてもいいが、気づかれるようなことはするなよ」

と、付喪神たちに言い置いていく。付喪神たちは竜晴の呪力《じゅりょく》によって人の姿を得ることができ、その場合はふつうの人の目には見えなくなる。今は、小烏丸も抜丸も人の形《なり》をしていたので泰山には見えないのだが、何かに触れて物を動かしたりすれば、どうも妙だということになる。

「大丈夫だ。我《われ》がそんな失策を犯すものか」

と、小烏丸は返事をする。「我々が」と言わないのは、抜丸に対する意地悪なわけで、もちろん抜丸もそれに気づかぬはずがない。

「ご安心を、竜晴さま。小烏丸めが粗相《そそう》をいたさぬよう、私がしっかり見張っておりますので」

と言葉を返した抜丸に、小烏丸が文句を垂れるのを聞き流し、竜晴は部屋を出ていった。

「ああ、竜晴」

竜晴が廊下を進んでいくと、玄関口の人影から安堵《あんど》したような声が上がった。見れば、泰山が同じくらいの体格の男を横から支え、その片腕を肩に回した格好で立っている。さらに、初めは見えなかったのだが、男を後ろから支えている子供がいた。男は三十代の半ば、子供は十歳前後といったところか。

「急にすまんな」

と、泰山が謝った。息遣いが少し荒いのは、ここに至るまで、男に肩を貸しつつ歩いてきたためらしい。

「こちらは、十兵衛《じゅうべえ》殿という。後ろにいるのが、十兵衛さんの倅《せがれ》の一悟《いちご》殿だ」

泰山が二人を竜晴に引き合わせると、十兵衛の口からはううっという唸《うな》り声が漏れた。細長く四角張った顔の男で、無精ひげを生やしている。一方、父親の後ろか

ら顔だけをのぞかせ、

「一悟です」

と言って、ひょいと頭を下げた少年は、なかなか愛くるしい顔をしていた。

「お二人は、花枝《はなえ》殿の旅籠《はたご》『大和屋《やまとや》』さんのお客さんだ」

泰山は竜晴の馴染《なじ》みでもあり、この神社の氏子でもある娘の名を出して告げた。正しくは、花枝の旅籠ではなく、その父朔右衛門《さくえもん》が営む旅籠なのだが、つい花枝の名を出してしまうのには相応の理由があるのだろうと、竜晴はあえて正さなかった。

「では、旅のお方なのですな」

「そうなんです。けど、お父《とっ》つぁんが昨日から急に具合が悪いと言い出して……」

一悟が困惑した様子で告げた。

「それで、私が大和屋さんに呼ばれたわけだが、昨日お渡しした薬を飲んでも、少しも具合がよくならないとおっしゃる。もしかしたら、私が診《み》るより、お前に見てもらった方がいいんじゃないかと思い立ってな」

泰山が説明を加える。その間も、十兵衛は腹を押さえながら、苦しげな呻《うめ》き声を時折漏らしていた。

「なるほど、憑《つ》き物の類《たぐい》かもしれぬというわけか」

竜晴が十兵衛を見据えると、「痛《い》た、痛た」と病人の苦痛の声はさらに大きくなっていった。

「竜晴、そのう……」

と、泰山がやや気まずそうな表情で切り出した。

「何だ」

「そろそろ中へ上げてもらえないか。十兵衛さんは苦しがっているし、取りあえずどこかで横になれるとずいぶん楽になると思うのだが……」

「ああ、そうだったな」

竜晴は申し訳なさそうな表情も見せず、「上がってくれ」と告げた。

「……すまん」

泰山が言い、まず自分が履物を脱ぐと、十兵衛を上がり框《がまち》に座らせ、一悟がその履物を脱がせた。竜晴は先に居間へと戻り、小烏丸と抜丸がすでにその場から姿を消していることを確かめ、三人の客人が来るのを待った。

やがて、泰山に支えられながら現れた十兵衛は、転がるように床に倒れ込んだ。

泰山が座布団をその頭の下に宛《あて》がい、甲斐甲斐《かいがい》しく面倒を見ている。

「お父つぁん、平気か。そんなに腹が痛むのか」

一悟が心配そうに声をかけながら、父親の顔をのぞき込む。

「ふうむ……」

竜晴は皆の様子を、一人だけ冷静な表情で見つめていた。

「昨日から、こんな具合だったのか」

竜晴が泰山に尋ねると、そうだと言う。昨晩、大和屋に呼ばれて十兵衛を診たそうだが、今のように苦しみ、腹痛《はらいた》を訴えていた。しかし、診療した限りではしこりはなく、発熱や肌の異常も見られない。体によくないものを口にしたわけでも、吐いたわけでもないという。

「私の診立てでは、重い病とは考えられなかった。その日に食べた何かがたまたま、体に合わなかったか、気の持ちようが崩れて不調を起こしたか。それで、腹の具合を整える薬をお渡ししたのだが……」

「今日になっても、具合がよくならなかったというわけか」

竜晴は考え込むように呟いた。

「まあ、昨日の今日で早いとは思うんだが、ご本人もこうして苦しんでいらっしゃる。もし憑き物の類であれば、できるだけ早くお前に見てもらった方がいいだろうと、お連れしたんだ」

「ぐ、宮司さん！」

一悟が竜晴に必死な眼差しを向けて言う。

「泰山先生から宮司さんのこと、聞きました。それに、大ちゃんも、宮司さんなら必ず何とかしてくれるって」

「大ちゃん？」

「大輔《だいすけ》殿のことだ。一悟殿は年も近いゆえ、大輔殿と親しいらしい」

竜晴の問いに泰山が答えた。

「そうか。大輔殿がそんなことを――」

と、竜晴が呟き、「宮司さん、頼みます」と一悟が頭を下げた。

「ふうむ。まあ、そういうことなら……」

竜晴はさして深刻そうでない声で応じ、改めて十兵衛の顔へ目を向けた。竜晴がその枕元へ膝を進めると、気圧《けお》されたように泰山と一悟が場所を空ける。

竜晴は落ち着いた様子で十兵衛の枕元に正座すると、右手で印を結び、そっと目を閉じた。呪文を唱えるのでもなく、ただじっと不動の姿勢を保っている。だが、それもほんのわずかの間であった。

すぐに印を解いて目を開けた竜晴は、十兵衛の顔を見つめながら、「ご安心ください」といきなり告げた。

「……は?」

と、十兵衛が苦しげな顔に不可解な色を浮かべ、思わずといった調子で訊《き》き返す。

「ご安心くださいと申しました。あなたには何も憑いておりませんよ」

「そうか。十兵衛殿は何かに憑依《ひょうい》されたわけでも、誰かに呪われているわけでもないのだな」

泰山はすぐに明るい声を上げたものの、「そうなると、やはり体の病ということか」と、先ほどよりも深刻な表情になって言う。

「はて、体の病となるのかどうか」

竜晴の淡々とした呟きは、「ああ、痛む。苦しいっ」という十兵衛の大声にかき消されてしまった。

「十兵衛殿、しっかりなさってください」

泰山が慌てて十兵衛の枕元へ身を寄せたのを機に、竜晴はその場を離れた。一悟も心配そうに父親のそばへ膝を進める。

「大和屋さんを出る前に服《の》んだ薬は、まだ効きませんか」

泰山が十兵衛の耳もとに口を寄せて尋ねるが、十兵衛は大きく頭《かぶり》を振るばかりであった。泰山は溜息《ためいき》を吐《つ》き、

「取りあえず、竜晴。痛みを和らげるような呪《まじな》いをかけることはできないか」

と、竜晴に尋ねた。

「痛みを和らげるのはお前の仕事だろう。私の用いる技は、さように都合のよいものではない」

竜晴は決して機嫌を損ねたり怒ったりしているわけではなく、その声も表情も淡泊である。だが、かえって空恐ろしい感じがするのか、一悟などは脅《おび》えた様子で、竜晴から目をそらしてしまった。

「確かに痛みを和らげるのは医者の仕事だが、私が処方した薬はまだ効き目がないゆえ、お前の方で何か施してくれればと思ったのだが……」

泰山は少しきまり悪い表情を浮かべながら言葉を返した。

「適当に施せばよいものでもあるまい。そもそも、私の技は入用《いりよう》な者にのみ正しく使われるべきであって、入用でない者に施すつもりはない」

泰山を言い負かそうとしたのでないにせよ、竜晴の物言いはどこか冷たく、突き放したように聞こえなくもなかった。一悟はうつむいたまま、顔を上げようともしない。

「お前の言うことはまったく正しいんだが……」

と、泰山は苦虫を嚙《か》み潰したような表情になって言う。

「とにかく、私にできることはない。ここで休んでいってもらうことも、お前が治療を施すこともいっこうにかまわないが、それだけはわきまえていただこう」

「お、お父つぁん」

一悟が父親の体を揺さぶりながら声をかけた。

「宮司さんにできることはないんだって。だから、旅籠へ戻ろうよ」

「……あ、ああ。そうだな」

十兵衛はかすれた声で応じた。それから、泰山に目を向けると、

「泰山先生には申し訳ねえが、また大和屋さんまで連れ戻してくれねえですかね」

と、頼んだ。

「もちろんです。そもそも、私が小烏神社へお連れすると言ったのですし、責任を持って大和屋さんまでお連れいたしますよ」

泰山は生真面目《きまじめ》な表情で誠実に答えた。

「……泰山先生、もう行こうよ」

一悟が泰山に訴えかける調子で言う。泰山は十兵衛に案ずるような目を向けたが、十兵衛がそうしてくれとうなずくのを見て、

「では、戻りましょうか」

と、仕方なさそうに言い出した。

「今回は無駄足だったが、私の技が必要な場合であれば、いつでも来てもらってかまわない」

竜晴が泰山に告げると、泰山は「……ああ」といつになく力のない声で答えた。

すでに十兵衛の体を抱き起こす体勢になっているせいか、竜晴に顔を向けようともしない。

やがて、泰山は十兵衛をどうにか立ち上がらせると、十兵衛の腰を後ろから支える一悟と力を合わせ、来た時と同じように帰っていった。

竜晴は玄関まで見送った後、居間へ引き返すと、来客前と同じように書物を開いた。そして、小烏神社にはいつもの静かな時が流れ始めた。

二

泰山たち三人が帰った後の玄関先に、二人の少年が現れた。二人とも昔ふうの水《すい》干《かん》という衣服を着て、同じくらいの背格好である。一見区別がつかないのだが、よく見れば、一方の少年は少女とも見える繊細な顔立ちをしており、もう一方はやんちゃそうな顔つきをしている。少女と見まがうのが抜丸で、やんちゃそうなのが小烏丸であった。

「あの先生が玄関から入ってきた時は、やはりろくなことがない」

非難がましい口調で、抜丸が言う。

「まあ、おとなしく帰っていったから、いいではないか。目くじらを立てるほどのことでもあるまい」

小烏丸が鷹揚《おうよう》なところを見せた。抜丸が小烏丸の横顔に厳しい眼差しを当てる。

「あの先生と招かれざる客人たちが、竜晴さまのお心を煩《わずら》わせたことに変わりはないのだぞ」

「それは、確かにそうなんだが……」

と、応じた小烏丸は、ふと思い出したという様子で言い出した。

「あの医者先生、物が憑いたわけでもない人の病を治せなかったようだな」

「そうだったな。竜晴さまがおっしゃるんだから、あの男に何も憑いていないのは間違いない」

「医者先生の腕も鈍ったというわけか」

さも残念そうに呟く小烏丸の傍らで、

「病や怪我《けが》というものは医者が診たからといって、たちどころに治るわけではない。竜晴さまが物《もの》の怪《け》を祓《はら》うようにはいかないのだ」

と、抜丸が説き聞かせるように言った。

「大体、お前の怪我を医者先生が診ていた時だって、すぐに治ったわけではなかったろう」

「それもそうだ」

小烏丸は改めて気づいたというふうに目を瞠《みは》った。

「それに、あの男は腹が痛いと唸っていた。人というものは大きな悩みごとがあると、腹を痛めるものらしい」

いかにも教えてやるという調子の抜丸の言葉が続く。それは見下されているような意識を呼び起こさせ、小烏丸はかちんときたのだが、

「遠い昔、お前のご主人だったお方もそうだったと聞いている」

という言葉が抜丸の口から漏れた時、不快感はどこかへ行ってしまった。

「どういうことだ」

と、小烏丸は身を乗り出すようにして、抜丸に訊いた。

「我の主人とは、前にお前が話してくれた平重盛《たいらのしげもり》という人のことだな」

小烏丸も抜丸も、遠い昔、壇ノ浦《だんのうら》で滅んだ平家一門の刀だったという過去を持つ。ただ、平清盛《きよもり》より後の時代になると、別々の人に受け継がれたので、ずっと一緒にいたわけではない。抜丸は壇ノ浦にも行っていないが、小烏丸は壇ノ浦の合戦で海

の底に沈んだものとされており、今なお本体の行方は分からぬままであった。

ただし、付喪神の小烏丸が存在しているので、本体もおそらく無事なはずだと、竜晴は言う。とはいえ、付喪神の小烏丸は壇ノ浦の合戦より前の記憶を失い、どうして自分が本体から離れて存在しているのかも分かっていなかった。そのため、かつて自分の主人であった平家一門の人々のことも忘れてしまっており、当時の話はすべて抜丸を通して聞くしかない。

その抜丸の話によれば、平家一門の嫡流《ちゃくりゅう》に代々受け継がれることになっていた小烏丸は、清盛からその長男である重盛の手に渡されたという。

「重盛さまがたいそう聡明で、皆から信頼されていたということは、かつてお前に話してやったな」

抜丸の言葉に、小烏丸は大きくうなずき返した。

「それは覚えている。我が主人として仰ぐのにふさわしい人物だったのだろう」

小烏丸は胸を張って言う。

「お前はともかく、重盛さまが才知あふれるお方であったのは間違いない。ただ、それだけに皆から頼られ、多くの厄介ごとを抱え込んでいたようだ。私が聞いただけでも、それはお気の毒なありさまであった」

「お気の毒だって？」

小烏丸は驚いた。皆から頼られる立派な人が、どうして気の毒な目に遭《あ》わなければならないのか。

小烏丸が先を促す顔つきで待っていると、抜丸がしたり顔でしゃべり出した。

「重盛さまには不思議なお力があったんだ」

「不思議な力？」

「うむ。竜晴さまのような――というと少し違うんだが、ふつうの人を超えた力がおありだった。たとえば、かなり正確な予知夢を見る、といった力だ」

「予知夢ならふつうの人だって見るだろう。自力で夢解きのできる者は少ないだろうが」

「かなり正確な予知夢と言ったろう。まあ、あの方の死後、世間に広まった話を聞かせてやる」

押しつけがましい前置きをした後、抜丸はもったいぶった様子で語り出した。

夢の中で、重盛が一人浜辺を歩いていると、ややあって大きな鳥居が現れた。その前には多くの人が集まっており、何かを取り巻いて見物しているらしい。

「ここはどこですか」

重盛が近付いて、見物人の一人に尋ねると、「春日大明神《かすがだいみようじん》を祀《まつ》る社《やしろ》です」と言う。

人々の中心に目を向けると、何と太刀《たち》に貫かれた法師の首がさらされていた。

「あれは誰の首なのですか」

無残な首をじっくりと見ることもせず、重盛が問うと、

「入道相国《にゆうどうしようこく》平清盛殿の首ですよ」

と、見物人はあっさり答えた。重盛は絶句し、一瞬放心した後、改めて首に目を向けた。

（父上っ！）

思わず人込みをかき分け、前へ出ようとすると、

「入道相国の悪行が甚だしいため、春日大明神がその首を召し捕ったのです」

その背中に、見物人の冷えた声がかけられ、重盛はその場に凍りついた……。

「重盛さまは目が覚めてすぐ、平家ご一門の命運は尽きたとお察しになってしまわれたそうだ。まだ誰もそんな行く末は想像もしていなかった頃のことだ。それがどんなにつらいことか、お前だって少し頭をめぐらせれば分かるだろう」

いつになくしみじみと言う抜丸の言葉に、小烏丸はうなずいた。

「重盛さまがご一門の方々に、驕《おご》らず自重するように訴えても、誰も耳を傾けなかったということだな」

「いや、重盛さまはそういうことはなさらなかったはずだ。そんなことはしても無駄だと、初めから分かっておられたんだろう」

お前と違って賢く慎重なお方だったんだ、と抜丸から言われ、小烏丸は不快になった。しかし、

「その代わり、ご自分一人でもと善行をお積みになられた。そういった話の多くは今の世にも語り継がれている」

と続けられた抜丸の言葉に、小烏丸は不快さも忘れ、しんみりとした心地になる。

「重盛さまのお気の毒なところは、ご自身の善行が報《むく》われなかったことだ。重盛さまの御恩を受けながら、ご一門を裏切った者は少なくなかった。死を免ぜられ流刑《るけい》

で済んだ源《みなもとの》頼朝《よりとも》などはその筆頭だが、同じ源氏の男で……ええと、何といったか、裏切り者の恥知らずがいたんだが……」

抜丸は古い記憶を手繰《たぐ》り寄せようと顔をしかめているが、小烏丸はいくら頑張ったところで、失われた記憶を取り戻せるわけではない。

「それにしても、重盛さまは賢いだけじゃなくて、清らかなお心の持ち主だったんだな」

小烏丸はぽつんと呟いた。抜丸がそれを聞き留め、「その通りだとも」と声に力をこめて言う。

「だが、清らかで正しい人間は信頼される一方で、利用されることもあるんだ」

重盛の恩を仇《あだ》で返した連中のことを、抜丸は言うのだろうが、その時のことを覚えていない小烏丸は、ふと自分の知る「清らかで正しい」上に「利用されることも」ありそうな人間の顔を思い浮かべた。

「なあ、それって、あの医者先生にも当てはまるんじゃ……」

小烏丸が言いかけたその時、抜丸の表情がにわかに変わった。誰かが来たぞ、という眼差しを玄関口の方へ飛ばしている。小烏丸も耳をそばだて、その気配を感じ取った。

誰が来たところで、人の姿をした付喪神を見ることはできないし、二柱《ふたはしら》の会話を聞くこともできないのだから、別段慌てる必要はない。が、竜晴に迷惑をかけてはいけないという思いはどちらにもある。

そこで、二柱は急いで居間へ引き返し、来客の件を竜晴に報告しようとした。ところが、到着するより先に、居間の戸がすっと開いた。竜晴が姿を現すと同時に、玄関の向こうから、

「御免つかまつる」

という、太い男の声が聞こえてきた。

三

「これは、田辺《たなべ》殿」

竜晴は自ら玄関の戸を開け、客人を出迎えた。声をかけてから竜晴が現れるまでの間が、ふつうより少し早すぎる。客人はやや訝《いぶか》しく思ったようだが、たまたま玄

関の近くにいたのだろうと納得したらしく、

「宮司殿、いつものごとく急に邪魔をして申し訳ない」

と、竜晴に挨拶した。

「いえ、もう慣れましたから」

恐縮する相手への労《いたわ》りも見せず、竜晴は平然と応じた。田辺の顔からいったん消えていた訝しげな色が再び浮かび上がる。

「そう言われると、まことにもって恐れ入る。お気づきのことと存ずるが、寛永寺《かんえいじ》の大僧正《だいそうじょう》さまが宮司殿をお呼びでいらっしゃる」

田辺は気を取り直して告げた。

将軍家と縁の深い上野の東叡山《とうえいざん》寛永寺の住職は、天海《てんかい》大僧正である。この大僧正が江戸の地をあらゆる脅威から守らんがため、竜晴に力添えを頼み、竜晴もそれを承知していた。

そして、時折、いや、近頃ではわりと頻繁に、竜晴は天海から呼び出されている。その折、小烏神社への使者を務めているのがこの田辺という侍であった。

「支度をいたしますので、しばしお待ちください」

竜晴はすぐに承知し、田辺が戸を閉めて出ていくと、振り返って付喪神たちを招き寄せた。

「寛永寺へ行く。お前たちも一緒に来てくれ」

「かしこまりました」

と、すぐに抜丸が応じ、小烏丸も続けて「分かった」とうなずく。

「今日はもう、泰山が来ることもないだろうし……」

と、竜晴が呟いたのは、泰山は庭の薬草畑の世話のために毎日神社へやって来るからだが、

「でも、先ほど、あのお医者の先生は畑の世話をしていきませんでした」

と、どことなく不満の残る口ぶりで、抜丸が告げた。泰山のいない時、進んで畑の世話をしてやっている抜丸としては、泰山が畑を疎《おろそ》かにするのは気に食わないのである。

「ふむ。そういえばそうだな」

竜晴も思い出したように言ったが、「まあ、泰山なら勝手に入ってくるだろう」と続けた。

「医者先生、また来るだろうか」

ふと疑わしげな声で呟いたのは、小鳥丸である。

「どういう意味だ」

問いかける竜晴に、

「医者先生は、腹痛を起こした男をずいぶん心配していたじゃないか」

と、小鳥丸は答えた。

「あの病人にかかりきりになっていたら、ここへ戻ってくるどころではないだろう」

「病人を大事にするのはいいが、薬草の世話を忘れられては困ります」

抜丸が非難がましく言った。

「確かに抜丸の言う通りだ。薬草の世話は泰山が自ら申し出たことなのだからな」

竜晴が賛同する。「しかし……」と、小鳥丸は言葉を返した。

「人間の世話と薬草の世話では、あの先生の頭の中では重みが違うのではないか」

小鳥丸の声の調子は自信満々というわけではなかったが、抜丸は黙り込んだ。竜晴は「ふうむ」と考え込む表情になる。

「仏教の輪廻転生《りんねてんしょう》によれば、人に転生した命と獣や草に転生した命では、前世の功徳《くどく》が違うのだろう。しかし、六道《りくどう》をめぐる同じ命であるならば、その重さに違いがあるとは思えぬ。また、八百万《やおよろず》の神の理《ことわり》によれば、神はあらゆるものに宿る。魂を持たぬ物でさえ、長い間大事に使われていれば付喪神が宿るのだ。ならば、今の世で人の姿を取っているからといって……」

「いやいや、竜晴」

小烏丸は長く続きそうな竜晴の言葉を、訳知り顔で遮《さえぎ》った。

「お前の考えはまったくもって正しいが、しかし……。あの医者先生の考えとは微妙にずれている気がする。どこがどう違うのか、我もうまく言うことはできないのだが……」

いつになく困惑気味に言う付喪神の顔を、竜晴はまじまじと見入った。そして、ほんの一瞬の沈黙の後、おもむろに口を開く。

「お前の言わんとすることは分かった」

と、竜晴は迷いのない口調で告げた。

「泰山は草の命と人の命なら、人の方が重いと考えており、常にそれを優先するのだ。その考え方が人同士では疑いなく受け容れられており、異を唱えれば、変わり者と見られてしまう」

以後気をつけよう、と竜晴は生真面目な表情で言い、抜丸が続けて口を開いた。

「私が余計なことを言って、竜晴さまを惑わせてしまい、申し訳ございません。竜晴さまは人なのですから、人と同じお考えを持って生きていかれるべきです」

「……そうだな」

と、何げなく応じた竜晴に、「あまり大僧正の使者を待たせない方がよろしいでしょう」と抜丸が勧めた。竜晴はうなずき、身なりが整っていることを確かめると、その足で玄関を出た。付喪神たちが黙って後に続く。

少し進んだ本殿の日陰で、田辺は待ち受けていた。よく晴れた真夏の昼下がり、陽射しは肌を照りつけるようである。

「それでは、お暑いところ相済まぬことですが」

田辺は軽く頭を下げ、足を進めてきた。空には大きな雲の峰がもくもくと立ち、天気が変わりそうな気配はない。ほんの少し歩いただけで汗ばむ暑さで、田辺は早くも鳥居のところで手拭いを取り出し、額の汗を拭っている。

やがて、木陰の多い上野の山へ到着すると、田辺はほっと息を吐いた。その時には手拭いがずいぶんと汗を吸い取っていたが、竜晴はといえば、出がけとまったく変わらず涼しげな顔つきである。

田辺は驚きの表情を浮かべたが、何も言わず、二人は寛永寺へと向かった。門前にはこの暑さにげんなりした様子の門番がいて、すでに顔馴染みになった竜晴と田辺を通してくれる。

田辺の付き添いはたいていここまでなのだが、別れる間際、

「ところで、宮司殿は暑さを感じておられぬご様子」

と、田辺は不思議そうに呟いた。「ああ、そのことですか」と竜晴は今気づいたというふうに応じた。

「気を調《ととの》えることで何とかなるものです。おそらく大僧正さまも同じかと存じますが」

「確かに、あの方が暑がるお姿は想像できません。なるほど、お二方は凡人とは違うのですな」

田辺は納得した様子でうなずくと、「では、それがしはこれにて」と一礼して立

ち去った。

その後、竜晴と付喪神たちは庫裏《くり》へと進み、天海の部屋へと案内された。

「おお、賀茂《かも》殿。急なことでご苦労をおかけする」

天海は手にしていた巻物をすぐに丸め、竜晴に座を勧めた。付喪神たちの座布団は用意されていないが、二柱とも竜晴の後ろに当たり前のように座り込む。

「今日は二柱を伴っておいでだな」

天海は小烏丸と抜丸にそれぞれ目を向けて言った。常ならぬ力を持つ天海には、人の姿をした付喪神たちが見えるのである。

抜丸は澄ました顔をして返事もしなかった。過去に不動の金縛りの術をかけられ、囚《とら》われの身となった小烏丸は、天海からあからさまに目をそらした。

付喪神たちの無礼とも言える態度について、天海は何も言わなかった。付喪神たちが忠誠や信頼を捧《ささ》げるのは竜晴に対してだけであり、人の世の身分や地位など何の力もないと知るからである。

「大僧正さまが私をお呼びになるのは、江戸に異変あってのことでしょう。この度は何がございましたか」

竜晴は落ち着いた声で尋ねた。

「こちらの事情はお見通しというわけですな」

天海は苦笑を漏らしたが、すぐに笑いを消すと、

「事が起きたのは四谷《よつや》のことでござる」

と、本題に入った。

「四谷……」

「四谷の方へ行かれることはあまりござらぬかな」

という天海の問いかけに対し、「そもそも、神社を離れることがありませんので」

と竜晴は答えた。

「なるほど」

と、無難に応じた天海は「ならば、少し四谷について話をさせていただこう」と断った後、改めて口を開いた。

「あの辺りは、江戸開府の前は薄《すすき》の広がる野であったという。東照大権現《とうしょうだいごんげん》さまが千《ち》代田《よだ》のお城に移られて以来、徐々に開けてまいったが、今の上さま（家光《いえみつ》）がお城の外堀を普請《ふしん》なさるに当たり、堀の内側に在《あ》った社が遷《うつ》されることになった。中で

も、由緒ある稲荷社《いなり》が四谷へ遷されたのだが……」

天海の話がそこに及んだ時、「ああ、その話なら存じております」と、竜晴は言った。

「赤坂《あかさか》の清水谷《しみずだに》に在った稲荷社を四谷に遷したのでしたね」

「ご存じであったか」

「ええ。稲荷神のお使いの狐殿《きつね》が、私のところへ愚痴を言いに来ましたので」

竜晴は澄ました顔で言う。

「愚痴を、ですと……」

天海は思いがけないという表情を浮かべた。

「拙僧が遷座のお伺いをいたした時、稲荷神もお使いの狐も、神妙に承ると伝えてきたものだが……」

「大僧正さまのことが怖かったのでしょう。下手《へた》なことは言えぬとばかり、口をつぐんだのだと思われます」

「……よく覚えておくことにいたす」

天海は苦虫を噛み潰した表情で言った。

「その四谷に何かございましたか。あの狐殿は私がなだめたり脅したりしておきましたので、悪さはしないと存じますが」

「脅したり……？　あ、いや」

再びごまかすように咳《せき》ばらいをした天海は、居住まいを正して先を続けた。

「稲荷神のお使いとは関わりないと存ずる。というのも、拙僧が耳にした異変とは、四谷の千日谷《せんにちだに》で法螺抜《ほらぬ》けがあったという話なのでな」

「法螺抜けとは、何千年もの間、深い山の中で生きた大法螺貝が龍となって天へ昇るという話のことですか」

「さよう。数日前の雷雨の際、それらしい影が天へ昇るのを見たという者の言葉もある。また、使者を遣《つか》わしたところ、小山に大きな洞穴ができていたそうな。近くの者によれば、雷雨の前にはさような洞穴はなかったというので、法螺抜けの跡とも考えられる」

「仮に法螺抜けであったとしても、それが不吉だという話を聞いたことはありませんが」

竜晴は首をひねった。

「確かに、法螺貝が龍に出世したのであれば、むしろめでたい話と申すべきであろう。しかし、先だってのこともある。用心に越したことはありますまい」

天海が厳しい表情を浮かべたのは、梅雨明けの直前、江戸の裏鬼門に当たる芝《しば》の結界が破られかけた一件が脳裡《のうり》にあるからだ。何ものの仕業かは分からないが、そこで呪詛《じゅそ》が行われたのは明らかであった。

竜晴と天海はこの事件に遭遇し、特に天海は危機の意識を強めている。

「分かりました。用心は大切です。折を見て、私もその洞穴を調べてまいりましょう」

「無論、宮司殿ご自身が赴《おもむ》かずとも、そこなる付喪神を遣わしてくれるだけでもありがたい」

天海の言葉に、竜晴はうなずいた。

「確かに、小烏丸が抜丸を当地へ運び、抜丸が洞穴の中を調べてくれれば、おおよそのところは分かるでしょう」

「まこと、カラスの付喪神に、蛇の付喪神とは重宝なものですな。この探索にまさに打ってつけではござらぬか」

機嫌のよい調子で言う天海に対し、付喪神たちは微妙な表情を浮かべている。

「私は竜晴さまが探索に行けとおっしゃるのなら、喜んで参ります」

抜丸は「竜晴さま」というところで声を高くした。

「わ、我も竜晴が言うのなら、こやつを運んでやってもいい」

小烏丸が慌てて追随する。

それを聞くなり、天海は声を上げて笑い出した。

「無論、拙僧は賀茂殿の付喪神に対し、頭越しの命令をするつもりなどはござらぬ。すべて賀茂殿のご判断にお任せするゆえ、よろしくお頼み申す」

天海の言葉に、竜晴は「承知しました」と答えた。天海は笑いを収めると、真面目な顔つきになって言う。

「まだ先のことだが、秋も深まった頃には上さまの鷹《たか》狩《が》りも行われる予定。それまでに、面妖な事件が続けば取りやめざるを得なくなり申す。その判断をいたすのが拙僧の役目と心得ておるゆえ、賀茂殿にもいろいろとお頼みしてしまうが……」

「それはかまいません。大僧正さまに力を貸すと申しましたのは、私ですから。ところで」

と、竜晴は話を変えた。

「その後、伊勢貞衡《いせさだひら》殿はいかがでいらっしゃいますか」

伊勢貞衡とは平家一門の血を引く家柄の旗本で、この寛永寺にもよく出入りし、天海とも親しくしている侍である。竜晴とも顔見知りになり、小烏神社へ出向いたこともあった。また、理由は分からぬものの、小烏丸はこの貞衡に向かって「四代《しだい》さま」と叫び、その身の危機を救ったことがある。そんなことから、貞衡のことは小烏神社の面々にとって無関心ではいられぬことであった。

「特に、これまでと変わったところはおありでないな」

と、天海は答えた。

「芝の一件の後、見舞いに来てくださったが、これといって気になるところはなかった」

「鷹狩りのことや、あの方が飼っておられるアサマという鷹の話などはなさっていませんでしたか」

竜晴は慎重な口ぶりで尋ねた。特に、アサマという鷹は小烏丸や抜丸も間近で見ており、もしかしたら本物の鷹ではなく、自分たちと同じ付喪神なのではないかと疑惑を抱いている。

「さよう。鷹狩りの話は出たものの、アサマの話は出てこなかったと存ずる。鷹狩りの件も世間話ていどのものであったかと——」

「そうでしたか。ことさら探っていただくには及びませんが、あの方には不思議なところもございます。何かありましたら、私にもお知らせいただければ……」

竜晴の頼みごとに、「無論」と天海は強くうなずいた。

「賀茂殿にはすぐにお知らせいたす。拙僧も伊勢殿のことは信頼しておるものの、不思議なところがあるというのは賀茂殿と同じ意見ゆえ」

互いに訊きたいこと、頼みたいことを語り終えると、この日の対談は終わりとなった。

竜晴は付喪神たちと庫裏の外へ出た。そのままゆっくりと進み、門から少し離れた人目のない場所で立ち止まると、「さて」と振り返った。後ろからは小烏丸と抜丸が付いてきている。

「取りあえず、四谷の洞穴をお前たちで調べてきてもらいたい。近いうちに私も足を運ぶつもりだが、万一怪異の類が取り憑いているかどうか、事前に知っておきたいからな」

「お任せください」

抜丸が一歩前に進み出て、自信満々の返事をした。

「物見の役目は立派に果たして御覧に入れます。この抜丸が洞穴を隅から隅まで這い回り、怪しい奴がいたら化けの皮を剝《は》いでやりますので」

「まあ、くれぐれも無理はするな」

と、逸《はや》り立つ付喪神に、竜晴は言った。それから、小烏丸の方に向き直ると、

「お前には抜丸を運んでもらうが、ただの運び役というわけではない。万一のことがあった時、お前ならすぐに私のところに駆けつけられると思えばこそ頼むのだ。分かっているな」

と、念を押した。

「分かっているとも。抜丸が失策を犯した時、我と竜晴が力を合わせて颯爽《さっそう》と駆けつけ、助けてやるわけだ。これは、真に力のあるものにしか務まらん」

「失策を犯すとは何という言いぐさだ。お前じゃあるまいし、私が失敗などするものか」

たちまち抜丸が小烏丸に食ってかかった。「まあまあ」と竜晴が割って入る。

「失策を犯すとは言っていない。万一のこととは、どんなに用心していても起こり得るものだ」

「竜晴さまは、確かにそんなことはおっしゃいませんでした。それを、この恥知らずの馬鹿なカラスめが……」

「恥知らずの馬鹿とは無礼極まりない。お前こそ、おのが言動を恥じ入るがいい」

抜丸と小烏丸は語気荒く言い合い、激しい目で睨み合った。

「さて、お前たち」

竜晴が静かな調子で切り出した。付喪神たちはびくっとした表情になると、互いに睨み合うのをやめ、竜晴の顔色をうかがうように見る。

「今から元の姿に戻って、仲良く四谷へ赴くか、あるいはこの場で私と縁を切るか。好きな方を選んでくれていいのだが……」

「四谷へすぐに参ります」

「わ、我も同じだっ」

抜丸と小烏丸は慌てふためいた様子で、我先に答えた。

「仲良くやれるのだな」

「もちろんです、竜晴さま」

「うむ。我らは長い付き合いだからな」

間髪を容れずに付喪神たちは答えた。

「では、頼むとしよう」

竜晴は右手で印を結び、「解《かい》」と唱えた。たちまちその場に一羽のカラスと一匹の白蛇が現れ出る。白蛇は瞬く間にカラスの足に絡みつき、カラスはあたふたと飛び立っていった。

二柱の付喪神が四谷方面へ飛んでいくのを見届けた竜晴は、それから一人帰途に就いた。

二章　嘘から出た実

一

竜晴たちが寛永寺を訪ねる少し前のこと。

上野の旅籠、大和屋では主人朔右衛門の娘花枝と、弟の大輔が十兵衛父子の帰りを待ち侘《わ》びていた。本当は二人も小烏神社へ付いていこうとしたのだが、朔右衛門から「病人の周りを役立たずがうろうろしていては、皆の迷惑になる」とたしなめられ、思いとどまったのだった。

「一悟のお父つぁん、大丈夫かな」

縁側に腰かけて団扇《うちわ》を使っている花枝の前を、うろうろと歩き回りながら、大輔は呟いた。

「何度同じことを言っているのよ。泰山先生が付いていらっしゃるのだから大事無いわ」

花枝はあきれた様子で弟に言った。

「それより、少し落ち着いて座りなさい。目の前を歩き回られていると、余計に暑苦しいじゃないの」

「座ってると落ち着かないんだよ。それに、俺が動いているせいで、風が姉ちゃんにも当たってるはずだぜ」

大輔は口を尖《とが》らせて抗弁する。

「風なんか、少しも来ないわよ」

ああ暑い——と言いながら、花枝は団扇をばたばたと動かした。

「姉ちゃんってば、一悟のお父つぁんのこと、本当に心配してるのか」

大輔は、花枝に非難がましい目を向けて言う。

「心配しているに決まっているでしょ。うちのお客さまなのよ」

「お客さまだから心配してるってだけで、そうでなきゃ、どうでもいいって感じなんだよ」

そう言われると、花枝は一瞬沈黙した。思いやりの深さ、相手を心配する気持ちの度合いに、自分と弟では大きな違いがあると認めないわけにいかなかった。

「どうでもいいとは言わないけれど、お客さまというより他に、何のご縁もないのだし……」

少し勢いを失《な》くした声で花枝が言うと、

「一悟はおっ母《か》さんがいなくて、お父つぁんと二人きりで旅してるんだ。お父つぁんに何かあったら、一悟がかわいそうだ」

と、大輔はつらそうな顔つきで呟いた。そんな弟を見つめ、花枝は表情を和らげた。

「あんたは一悟ちゃんのことを思って、そんなに心配していたのね」

大輔が足を止めると、花枝は隣に座るようにと手招いた。大輔はおとなしく花枝の横に腰を下ろした。

「一悟ちゃんを思うあんたの気持ちがよく分かったわ。私のこと、口先だけで心配しているって詰《なじ》りたい気持ちも分かる。でもね、私だって十兵衛さんと一悟ちゃんのことが心配よ」

「……うん」

「大丈夫。憑き物だったら、必ず宮司さまが何とかしてくださる。宮司さまが悪霊をお祓いになった時のことを思い出してごらんなさい」

花枝は力のこもった声で言った。

「うん。竜晴さまはすごい人だもんな」

大輔は顔を上げた。竜晴の話題になった途端、元気を取り戻したようである。

「だから、心配要らないって」

花枝は明るく言うと、弟の肩を励ますように軽く叩《たた》いた。

数日前から大和屋に泊まっていた十兵衛の具合が悪くなったのは、昨日の昼過ぎである。大和屋ではすぐに医者を呼ぼうとしたのだが、十兵衛は手持ちに余裕がないからと断った。それならと様子を見ていたのだが、夕方になってもよくならない。その時、泰山に診せてはどうかと言い出したのは、花枝であった。

泰山は貧しい患者から無理に金を取り立てるようなことはしない。もっと言えば、支払いのできない患者からの治療費はあきらめてしまう。それに甘えるわけにはいかないが事態も切迫していたため、まずはお願いだけでもしてみようと、ひとまず泰山に知らせをやった。

泰山は患者に金がないと聞いても、嫌な顔一つせず来てくれた。苦しがってはいるが重篤ではないと診立てた上で、薬を処方してくれた。だが、日が変わっても十兵衛の具合はよくなるどころか、苦痛が増したように見える。

それで、花枝と大輔はもしかしたら物の怪の仕業ではないかと言い合い、お祓いをしてくれる竜晴のことを話してみたのであった。

この時、竜晴を呼ぶのではなく、十兵衛を小烏神社へ連れていった方がよいと、大輔が勧めた。小烏神社にいると、それだけで具合がよくなっていくように思える。自分は前にそのことを実感したから間違いないと、大輔が言い、泰山も賛同した。礼金はできる範囲でよいと聞いた十兵衛が、それなら多くは払えないがお願いしたいと言い出したので、泰山が連れていったのだが……。

「でもさ」

花枝に力づけられたはずの大輔の表情が、再び曇りを帯びている。

「憑き物の類でなかったら、どうなっちゃうの？」

「その時は……たぶん体のどこかが悪いってことだと思うけど」

花枝も少し自信のなさそうな調子になって言う。

「でも、泰山先生には治せなかったんだろ。だから、竜晴さまに見てもらおうって話になったんじゃないか」

「治せないと決まったわけじゃないわ。泰山先生が十兵衛さんを診たのは昨日のことよ。昨日の今日でよくならないからって、泰山先生の腕が悪いってことにはならないわ」

花枝は途中から独り言のような物言いになっていき、

「宮司さまのこと、お話しするの、早すぎたかしら」

と、最後は反省するように呟いた。もしや自分たちは、泰山の医者としての面目を潰したことになるのではないか。そう思うと、何とも落ち着かない気分になる。

「で、でもさ。俺たちが竜晴さまのことを話したのは、一悟のお父つぁんがあんまり苦しがってたからだろ。それに、神社へ行くと決まった後だって、一悟のお父つぁんは泰山先生に頼ってたじゃないか」

今度は、大輔が自分たちを擁護《ようご》するようなことを言い出した。

「そうよね。宮司さまのところへ連れていってくれって、泰山先生に頭を下げていらしたものね。泰山先生のことは今でも頼っておられるのよ」

姉と弟は互いに顔を見合わせ、大丈夫だと言い聞かせるようにうなずき合った。

「そういえば、あんた、一悟ちゃんとどんな話をしていたの？」

花枝が表情を改め、話を変えた。

「一悟と——？　ああ、それならあいつの旅先での話を聞くことが多かったよ」

大輔も話に乗ってきた。十兵衛のことを話していても不安になるだけだし、それなら他のことを話していた方が気もまぎれていい。

「旅先の話って、どんな？」

花枝がさらに尋ねると、「いろいろ聞いたけど……」と大輔は記憶を探るような表情を浮かべた後、

「蛇抜《じゃぬ》けの話がちょっと怖かったかな」

と、言い出した。

「じゃぬけ？　それって何のこと？」

聞き慣れぬ言葉に、花枝は目を見開いた。

「何だよ、姉ちゃん、知らねえのか」

大輔はたちまち得意げな表情を浮かべてみせる。

「威張ってないで、何のことか言いなさい。どうせあんただって、一悟ちゃんから聞くまでは知らなかったんでしょ」

「そりゃまあ、そうだけど」

と、少し不貞腐《ふてくさ》れた表情になった大輔は、蛇抜けとは「蛇が抜ける」と書くのだと告げた。

「山が崩れたりして、土砂にやられる災いのことを言うんだってさ」

「それって、蛇の仕業ってことなのかしら」

「うーん、それは聞いてないけど、とにかく、どっかの村でこの蛇抜けを予言した餓鬼《がき》がいたんだって」

「それって、宮司さまみたいな不思議な力を持っていたってことかしら」

「それが違うんだよ」

と、大輔は訳知り顔で言い、さらに話の続きを語った。

ある時、とある村に雨が降った。すると、一人の少年が「蛇抜けが起きる」と村中に触れて回ったため、村人たちは災いに備えて、家や田畑を守る支度を調えた。

しかし、雨はすぐにやみ、蛇抜けは起こらなかった。

皆は首をかしげながらも、やがてそのことを忘れ、ふつうの暮らしに戻った。それから再び雨が降りそうな天気になった。その時、少年は再び「蛇抜けが起きるぞ」と言い出した。村人たちは前と同じように災いに備えたが、この時も何も起こらず雨はやんだ。

村人たちは少年が嘘《うそ》を吐いているのではないかと疑い出したが、事が事である。蛇抜けの予言を無視したため、本当の蛇抜けが起こって、命や財を失うことになってしまったら――。村人たちは半信半疑になりながらも、災いに備え続けた。しかし、それによって、ふだんの仕事が中断され、煮炊きも制限される。寝る時は着られるだけの着物を着込んで寝なければならない。それなのに、何度予言に備えても、蛇抜けは起こらないのだ。

そのうち、一人が言い出した。「あいつは大法螺《おおほら》吹《ふ》きだ」と――。

一度誰かが言い出すと、皆がそうだ、あいつは嘘吐きだと言い出した。それで、その少年は皆の信用を失い、嘘吐き者として誰からも相手にされなくなった。その後も、少年は雨が降る度に「蛇抜けが起きる」と言い続けた。が、もう誰も少年の言うことは信じなくなった。

「そしたら、何度目かの時、本当に蛇抜けが起こったんだよ」

大輔は急に大きな声になって、花枝に告げた。

「その時も、雨が降り始めてすぐ、そいつは村中に『蛇抜けが起きるぞ』って触れ回ったんだ。けど、『また法螺を吹いてやがる』と誰も相手にせず、大雨になっても逃げ出そうとしなかった。そのうち近くの山が崩れて、土砂が村に流されてきた。家も田畑も土砂に埋まって、村人たちは大勢死んでしまったんだって」

大輔はぶるっと身を震わせて、口を閉ざした。

「何だか怖いわね」

花枝もいつしか団扇を動かす手を止めて、白い顔をしている。

「そうだろ。俺もその話を聞いた時、怖いなって思った」

「これって、『嘘から出た実《まこと》』ってことなのかしら」

「たぶんな。この餓鬼もまさか、こんなことになるなんて思ってなかったんだろうよ。そいつがこの蛇抜けの後、どうなったのかは一悟も知らないんだってさ」

「先のことなんて、ふつうの人には分からなくて当たり前よね」

花枝は自分に言い聞かせるように言った。

「分からないからこそ、それなりに用心して日々を生きているはずなのに……。その村人たちは嘘に慣れてしまったせいで、いつの間にか蛇抜けは起こるはずがないって思い込まされてしまったのね」

嘘吐きはよくない。人を信じないのもよくない。

だが、よくないなどという一言では済ませられないような恐怖が、この話の奥には潜んでいると花枝は思った。

「一悟ちゃんは、この話をどこで……」

聞いてきたのかと尋ねかけた花枝の言葉は、最後まで言い切ることにはならなかった。表通りに面した旅籠の方の騒々しさが、花枝たちのいる庭先まで伝わってきたのである。宿の建物と花枝たちの暮らす一軒家は別々の建物で、宿へ行くには庭を通って、裏口から入ることになる。庭先からでは、十兵衛たちが帰ってきたのか、新たな客が入ったのかまでは分からないが、

「あ、一悟のお父つぁんたちが帰ってきた」

と、大輔は早くも立ち上がり、駆け出していってしまった。

「待ちなさい」

と言いながら、花枝も遅れて立ち上がり、弟の後を追いかけていった。

二

大輔が花枝と共に、裏口から旅籠の表玄関へ向かった時にはもう、十兵衛は自分の部屋へと運び込まれていた。そこで、姉弟《きょうだい》そろって部屋を訪ねたのだが、中へ入った途端、事態がまったく好転していないことを大輔は悟った。

「一悟のお父つぁん、竜晴さまんとこでも、具合よくならなかったんだね」

大輔は悲しげな声で呟き、十兵衛が横たわっている布団のそばに力なく座り込んだ。花枝もその傍《かたわ》らに、神妙な顔つきで正座する。

「花枝殿に大輔殿。竜晴が見たところでは、十兵衛殿に何かが憑いていることはないとのことであった」

泰山がすまなそうな様子で二人に報告する。

「じゃあ、竜晴さまは何もしてくれなかったの?」

大輔が尋ねると、「ああ」と泰山は答え、大輔たちから目をそらした。

「憑き物でないのなら、自分に為《な》すべきことはないと言っていた。休んでいってもらうのはいっこうにかまわないと言ってくれたが、十兵衛殿も早くこちらへ帰りたいということだったので」

「憑き物でなかったのなら仕方のないことだわ、大輔」

横から花枝が慰めるように声をかけてくる。

「病人には安静が第一というのに、甲斐のない往復をさせてしまい、まことに申し訳ない」

と、泰山が十兵衛と一悟に向かって頭を下げた。

「それを言うなら、私どもも申し訳ないことをいたしました」

続けて花枝も頭を下げる。

「私どもが憑き物だのお祓いだのと言い出したばかりに、余計なご苦労をおかけして」

花枝が横から「あんたも頭を下げなさい」というふうに小突いてきたが、大輔は口を引き結んだまま動かなかった。

「いやいや、お二人とも。やめてくだせえ」

十兵衛は横になったまま、顔を泰山たちの方へ向けて言った。その声は怒っているふうにも機嫌を損ねているふうにも聞こえなかった。

「泰山先生が宮司さんに引き合わせてくださったお蔭《かげ》で、憑き物でないことが分かったんだ。それだけでも、あちらまで足を運んだ甲斐があったってえもんです」

十兵衛はかえって泰山や花枝を気遣うように言う。

一悟の父親は、不運を人のせいにしたり、人を恨んだりするような人ではないのだと、大輔は思った。そんな人が不幸な目に遭っているのが、気の毒でならなかった。十兵衛本人もそうだが、苦しむ父親をそばで見ながら胸を痛めている一悟が何よりかわいそうだ。

「どうして、小鳥神社で休んでこなかったんだよ」

と、大輔は怒りをぶつけるようにして訊いた。十兵衛や泰山をことさら責めるつもりはなかったが、小鳥神社へ行ったことがまったく無駄になってしまったというのは納得がいかなかった。

「ちょっと大輔、そんな言い方って」

花枝が咎《とが》めるような声を上げたが、大輔はかまわずに続けた。

「あそこはただいるだけで具合がよくなるからって、わざわざ神社まで行ってもらったってのに。でなきゃ、竜晴さまにここへ来てもらえばよかったんだ」

十兵衛や泰山にではなく、自分自身に腹が立った。自分が余計なことを言わなければ、と悔やむ気持ちが胸を嚙む。

その一方で、かつて小烏神社に泊めてもらった時、次第に具合がよくなっていった感触がただの思い込みだったとは考えられなかった。あれは本当のことだ。もちろん竜晴のお祓いの力や泰山の煎じてくれた薬のお蔭もあっただろうが、それだけではない。神社にはよい気が集まっていると、竜晴も言っていたではないか。

たとえ憑き物の類でなく、ふつうの病や怪我であったとしても、あそこにしばらくいれば具合がよくなっていいはずなのに。どうして十兵衛はその気配を感じ取れなかったのだろう。どうして竜晴と泰山はあの神社に留まるよう、十兵衛に勧めてくれなかったのだろう。

「俺がお父つぁんに帰ろうって言ったんだ」

その時、それまで口をつぐんでいた一悟が声を上げた。

「あの宮司さま、何だか少し怖かったから……」

一悟はそう呟いて、うつむいてしまう。

「怖いって、竜晴さまが？　何かひどいことでも言われたのか」

大輔は吃驚して一悟に訊いた。一悟は慌てて顔を上げると、「そういうわけじゃないよ」と言う。

「怒られたり脅されたりしたわけじゃないんだけど……。何ていうか、あの人……この世の人じゃないみたいにきれいでさ。あの顔で何か言われると、怖くなっちゃったんだ。しゃべり方も心がこもってないっていうか、えーと、神職さんが唱えるやつみたいに聞こえたんだよ」

「祝詞《のりと》のように聞こえたってことかな」

泰山が一悟に助け舟を出した。

「あ、それ」

と、一悟がそれまでより少し大きな声で言った。

「まあ、祝詞というのは大袈裟《おおげさ》だが、確かに竜晴のしゃべり方にはそういうところがあるかもしれない。私も初めて会った時には、書物でも読んでいるようなしゃべり方だと思ったものだ。あれで、ずいぶんましになった方だと思うが……」

泰山は独り言のように呟いていたが、はっと我に返ると、改めて大輔に向き直り、

「しかし、一悟殿が悪いわけじゃない。竜晴もここで休んでくれていいと言ったのだ。私がもっと気を回すべきだった」

と、言った。そして、十兵衛に向かって「まことに腑甲斐ないことで申し訳ない」と再び謝罪した。

「とにかく憑き物でないことは分かったのですから、これからのことを考えなくては」

花枝が気を取り直したように言い、泰山も大きくうなずいた。

「十兵衛さんのお加減はまだよくないようですし、といってお医者さまに診ていただくのに高いお金はお支払いできないとおっしゃるし……」

花枝の声が困惑気味に小さくなっていく。

「泰山先生みたいに、お金を取らずに診てくれるお医者の先生はいないのかよ」

大輔は腹立ちの抜けきらぬ声で言った。

「無茶言わないで。お医者さまだって治療を施してお金が入ってこないのでは、生きていけないわ。この世は何かを施したら、それに見合うものをいただくことで成

り立っているのよ」

花枝が教え諭すような調子で言う。

「なら、金のない人は具合が悪くなったら死んでも仕方ないっていうのか。そうじゃないだろう？」

大輔は声を張り上げて言い返した。花枝は返す言葉を失くしたように沈黙し、

「私の診立てがしっかりしていれば、こうはならなかったものを」

と、泰山はまたもや申し訳なさそうな表情を浮かべ、自分を責める言葉を吐いた。

すると、この時、十兵衛が口を開いた。

「何をおっしゃるんでさあ。泰山先生が悪いんじゃありません。こんなわけの分からねえ病にかかるのも、おそらく前世の行いってやつが悪かったんでしょう」

弱気になった泰山をよほど見かねたのか、そう慰める十兵衛の声は病人とも思えぬほど力強いものであった。だが、「けどね、先生」と続けられた声は、そこで調子が一転し、

「あっしはいいんですが、倅が哀れでねえ」

と、呟いた時には、湿っぽいものを含んでいた。大輔は十兵衛の眼差しを追いか

け、一悟に目を向けた。一悟は涙をこらえるように、じっとうつむいている。

「この子は本当に親思いのいい子でねえ。前世でだって、悪いことなんてできたはずねえんでさ。それなのに、母親を亡くし、間もなく父親も亡くすってんじゃ、あまりに哀れでねえ。お天道《てんとう》さまもそこんとこはちゃんと見てくださらなくちゃ」

十兵衛の愚痴は続いた。

一悟が「いい子」であることは、ほんの短い付き合いの中で、大輔も十分に感じ取っていたことであった。大輔が十三歳、一悟が十二歳で年も近く、一悟は大輔を兄のように慕ってくれる。大輔も一悟のことがかわいい弟のように思えてならなかった。素直で言うことをよく聞くし、旅先での話を聞かせてもらうのも楽しい。

一悟のために、兄貴分である自分が何とかしてやりたいと思う。

「金があればいいんだな」

不意に大輔は呟いた。

「ちょっと、大輔。あんた、まさか、よからぬことを考えてるんじゃ」

花枝が顔を強張《こわば》らせて、大輔の袖をつかんできた。

「誰かの金を勝手に取るとか、そういうことは考えてねえよ」

大輔は袖を引き戻しながら言い返した。

「じゃあ、何を考えているのよ」

花枝は大輔の袖は放したものの、なおも疑わしげな表情を浮かべて訊く。

「悪いことじゃねえけど、ちゃんと金を集められる策があるんだ」

大輔は自信たっぷりに言った。十兵衛と一悟が驚いた表情を向けてくる。泰山は困惑と驚きを取り混ぜたような表情を浮かべていた。

「そんな都合のいい策を、あんたごときが考えつけるとは思えないけど……」

花枝一人が端《はな》から大輔のことを疑ってかかっている。

「別に俺が考えたわけじゃねえよ」

大輔は口を尖らせて言い返した。

「前にお客さんから聞いたんだ。姉ちゃんだって知ってることだよ」

「私が知っている……？」

花枝の表情が怪訝《けげん》そうなものへと変わる。

「富くじさ」

大輔は鼻をこすりながら、得意げに言った。

「竜晴さまにお願いするんだ」

　そうと決まれば善は急げだ、と大輔はすぐに立ち上がった。

「ちょっと待ちなさい。あんた一人が行ってお願いしたって……」

　花枝の声が追いかけてきたが、大輔は部屋を飛び出した足で、宿の裏口へと突っ走った。

「宮司さまのところへ行くなら、私も行くわ」

　という花枝の声に、「それなら私も参ろう」という泰山の声が慌ただしく重なる。

　こうして、大輔と花枝、泰山の三人は小烏神社へ向かった。

三

　寛永寺で付喪神たちと別れ、一人で小烏神社へ戻ってきた竜晴がさほど居間で寛《くつろ》がぬうちに、

「おうい、竜晴」

　という泰山の声が聞こえてきた。今度は玄関口ではなく、薬草畑のある庭からで

ある。

戸は開け放っていたので、竜晴は座ったまま体の向きを変えた。

「これは、三人おそろいで」

氏子の花枝と大輔もいる。竜晴は三人に縁側から中へ上がるように勧めた。

「竜晴さまにお願いがあって来たんだ！」

居間に座を占めるなり、大輔が真っ先に口を開いた。

「私に願いがある、と？　理に適《かな》うことであれば聞きますが」

竜晴は大輔から、泰山、花枝と順に見回しながら言った。意気込む大輔とは異なり、泰山と花枝の表情には困惑の色がある。

「ちょっと待ちなさい」

その時、花枝が大輔を制した。

「順を追って話さなければ、宮司さまだってお困りになるわ。あんたはしばらく黙っていなさい」

それから花枝は竜晴に顔を向け、「先ほどこちらへいらした十兵衛さんのことなんです」と告げた。

「ああ、あの御仁《ごじん》は、花枝殿の父上の旅籠にお泊まりでしたね」

と、受けた竜晴は泰山へと目を向け、あの人の具合はどうなんだと尋ねた。

「よくはない」

泰山は渋い表情で答える。竜晴は黙っていた。

「私が治して差し上げられればよかったが、それも叶わなかった。もっと力のある医者に診せたいが、十兵衛さんは余分な手持ちがないと言う。私にもお貸しできる余裕はなし、人に借りるのも……確か十兵衛さんは行商人だから難しいだろう」

「つまるところ、金が要るというわけか。しかし、私のところに来ても金はない。御覧の通り、本殿や拝殿の雨漏りも直せぬありさまだからな」

と、竜晴は悪びれずに告げた。

「いや、それは分かっている。お前に金を出してくれと言うつもりはないんだが、大輔殿がな」

と、泰山が大輔に目を向ける。うずうずしていた大輔は、待ってましたとばかり、

「それで、竜晴さまにお願いなんだよ」

と、飛びつくように言った。

「この神社で富くじをやってくれないか」

「富くじ……？」

「前に話したことがあっただろう？　本殿や拝殿を修繕するお金を集めるためにやったらいいってさ。竜晴さまはあまり乗り気じゃなかったんで、そのままになっちまったけどさ。今度は一悟のお父つぁんのために力を貸してほしいんだ。この神社の修繕は後回しになっちゃうけどさ、人助けだと思って」

「つまり、富くじで得た儲《もう》けを、あの十兵衛という御仁に差し上げろということかな」

竜晴は抑揚の乏しい声で尋ねた。

「差し上げろ、とは言わないけどさあ」

大輔は勢いを失くした声で呟いた。

「十兵衛殿も自分の治療にかかった金を、そのままもらって済ませるつもりはないだろう。ひとまず貸してもらうという形でどうか。十兵衛殿も健やかになれば、仕事に戻れるだろうし、借りた金は働いて返すはずだ」

横から、泰山が言い添えた。

「あの御仁が金を返す……？」

竜晴が訊き返し、泰山はどことなく気圧された様子で「そうだが……」と応じた。

「あの人が医者にかかれば、本当に健やかになると、お前は思っているのか」

竜晴はさらに泰山に問うた。

「それはそうだが……」

と応じた泰山は、そこで顔色を変えた。

「まさか、十兵衛さんはもう治る見込みがないと、お前は思っているのか」

「いや、そういうわけではない」

という竜晴の物言いは緊迫したものではなかった。泰山はほっと安堵の息を漏らすと、

「私の診立てでは、あの人は重病ではなかった。まあ、少しも加減がよくならないので、信じてもらえないかもしれないが……」

と、続けた。その声は次第に萎《しお》れていったが、途中で気を取り直すと、再び勢いよく口を開く。

「だが、だからこそ、別の医者に診てもらい、私も安心したい。場合によっては、

私も治療にかかった費《つい》えをいくらか負担したっていい。すぐに用意できないのが心苦しいところだが、働いて返していこうと思う」

頼む、竜晴——と、泰山は頭を下げた。それを見て、大輔も慌てて頭を下げる。が、すぐに顔を上げると、

「頼むよ、竜晴さま。泰山先生だってこう言ってくれてるし、もし一悟のお父つぁんがお金を返さなかったら、俺が大人になって稼いだ金で返すよ。一悟にもそうさせる。だから、富くじをやってくれ。いや、やってください」

大輔は必死に訴えた。そして、今度は先ほどよりも深々と頭を下げた。

しばらくの間、部屋の中がしんと静まり返る。

「しかし、くじとは金だけ取って、相手に何も与えぬわけだろう。どうも辻褄《つじつま》が合わぬ気がしてならない」

竜晴の言葉に、大輔は顔を上げた。

「何も与えないわけじゃないよ。もしかしたら、くじを買った金の何倍もの金が返ってくるかもしれないんだから」

「それは当たりくじを引いた、何十人に一人だけのことだ。その他の人は無駄に金

を差し出しただけとなる」

「それはそれで、いいんだよ。大金が手に入るかもしれないって夢を買うんだから。くじの結果が出るまで、ああしようこうしようって、楽しいことを考えられるだろ。外れたって、神さまに寄進したのと同じじゃないか。神さまがきっといい目を見せてくれるさ」

大輔は神さまを都合よく利用した。

「確かに、その金を神社のために使うのであれば、いい目を見させてやろうと気まぐれを起こす神もいるやもしれぬ。だが、大輔殿は今、その金を一人の御仁のために使うと言った。それは、くじを買ってくれる人を騙《だま》す仕打ちではないのか」

「そ、それは……」

「大輔殿の言葉によれば、くじを買う人の中には、たとえ外れても神さまに差し上げるのならかまわない、と考える人がいることになる。その人たちは自分の金が神ではなく他人のために使われたと知ったら、いい気がしないのではあるまいか」

首をかしげて言う竜晴に、この時、大輔は顔色を変えた。

「竜晴さまは結局、一悟のお父つぁんを助ける気がないんだな」

大輔はこれまで竜晴に向けたことのない激しい眼差しで言った。

「何を言うの、大輔」

蒼《あお》ざめた顔の花枝が横から言う。が、大輔は姉の声も耳に入らぬ様子で、竜晴だけを睨《にら》みつけていた。

「俺は一悟のお父つぁんを気の毒に思っただけだ。金がないせいで医者にかかれないなんて。金は後からでも稼げるけど、病は今治さなくちゃいけない。だから、金を渡してやりたいって思っただけなのに」

「やめなさい。宮司さまを責めるようなことを口にするなんて」

花枝が厳しい声で大輔を叱《しか》った。

「神さまにお仕えするお方は、ほんの小さなことでも偽《いつわ》りなんて口にはなさらないし、真実を知りながらあえて黙っているなんてこともなさらないの。私たちはつい、ささいな過《あやま》ちを犯してしまうけれど……」

「…………」

「富くじを行うお許しを得るには、ちゃんとした理由をお上《かみ》に申し出ることが必要なはずよ。本殿や拝殿の修繕のためならともかく、十兵衛さんの治療のためではお許しは出ません。お前はお上に対して偽りを言えと、宮司さまに言うつもり？」

「何だよ。姉ちゃんは俺が悪いって言うのかよ。一悟のお父つぁんを助けたいって、そのために金を用意したいって思うのは、そんなにいけないことなのかよ」

大輔は叩きつけるように言って立ち上がると、その足で庭へ飛び出していった。

「ちょっと大輔……」

花枝は立ち上がりかけたが、「今はそっとしておいた方がよいでしょう」と泰山から言われ、再び座り込む。

「大輔殿とて、竜晴や花枝殿の言うことが分からないわけではない。ただ、十兵衛さんを助けたいという気持ちが先に来てしまい、今は他の考えを受け付けられないだけです。少し頭を冷やせば、ちゃんと落ち着きを取り戻すことでしょう」

「……そうだといいのですが」

花枝は浮かぬ表情で呟き、小さな吐息を漏らした。

「宮司さま、弟の失礼な言葉、本当に申し訳ございません」

改めて竜晴に向き直り、花枝は頭を下げて謝った。

「花枝殿が謝ることはありません。大輔殿の考えは私にも分かります」

竜晴は静かに言葉を返した。

「大輔殿の考えが分かるというなら、お前にももう少し、別の言い方があったのではないか」

この時、泰山が竜晴に苦い表情を向けて言った。

「別の言い方とは――？」

「花枝殿もおっしゃっていたが、『お上にお許しを得るには相応の理由が必要だが、それを偽るわけにはいかない』と言えばよかったんだ。『十兵衛殿を案じる大輔殿の気持ちはよく分かる、自分もまったく同じ気持ちだ』などと言い添えたっていい。そういうふうに、気持ちに寄り添った言い方をされれば、大輔殿とてお前を責めたりはしなかったろうし、あんなふうに席を立ったりはしなかったろう」

「……そうなのか」

竜晴は自分自身の胸に問いかけるような調子で呟いた。

「しかし、私は大輔殿の考え方は分かるが、同じ気持ちを持っているわけではない。それなのに、大輔殿に気持ちは分かるなどと、安易に言ってよいものかどうか」

竜晴が言うと、泰山はこれ以上どう言っていいか分からないというふうに、大きな溜息を漏らした。花枝もまた、どんな言葉をかければよいのか分からぬ様子で口をつぐんでいる。

「お前の頑《かたく》なさというか、融通の利かなさというか、それを知らなかったわけじゃないんだが……」

泰山は竜晴に語るというより、独り言のように言った。

「お門違いだということは分かっているが、お前に怒りをぶつけずにいられなかった大輔殿の気持ちが、私にはよく分かる」

「泰山先生」

たしなめるように、花枝が口を挟む。

「弟を庇《かば》ってくださるお気持ちの優しさは嬉《うれ》しいですが、宮司さまは決して悪くありません。優しさゆえに正義を読み違える――弟と同じ過ちを泰山先生まで犯さないでください」

「花枝殿は……お優しいのだな。そして、正しさを捨てぬ強さもおありです」

私は恥ずかしい、と泰山はぽつりと続けて呟いた。

「いや、私が恥ずべきはその前に医者としての未熟さの方です。私が腑甲斐ないばかりに……」

「その考えも過ちでいらっしゃいますよ、泰山先生」

花枝は明るさのこもった声で優しく言った。

「十兵衛さんのお加減が改善しないのは、決して泰山先生のお腕前のせいではありません」

「花枝殿……」

「本当は治療が効いたかどうか、もう少し時をかけて見なければならないのだと思います。ですが、十兵衛さんがあのように痛い痛いと訴えられるので、私たちもつい浮き足立って、あれやこれやと口を出してしまい……。そのことは、私も泰山先生に申し訳ないと思っておりました」

「花枝殿は本当にお優しい方だ」

泰山は感に堪《た》えないという様子で言った。花枝は無言で優しく微笑《ほほえ》み返す。

竜晴はずっと黙っていた。すると、泰山の眼差しが竜晴の方へと流れてきた。竜晴はじっと泰山を見つめ返し、

「何だ」

と、尋ねた。

「何か言いたいことでもあるのか。それとも、私に言ってほしいことでも？」

竜晴の言葉に、泰山は鼻白んだような顔つきになった。

「……いや、別に」

いつになく暗い声であった。

「泰山先生、そろそろ失礼いたしませんか」

花枝が言い出した。「大輔の頭もちょっとは冷えたでしょうし」と続けられた花枝の言葉に、

「分かりました。大輔殿を捜しに行きましょう」

と、泰山は打って変わったような柔らかい声で言う。

「それでは、宮司さま。今日は失礼いたします。大輔の粗相については、また改めてお詫《わ》びに参りますので」

花枝は丁寧に頭を下げると、泰山より先に庭へ下りていった。泰山はその後も少しの間、竜晴に何か言いたそうな表情を浮かべていたが、竜晴が何なのかと物問う眼差しを投げかけると、

「……お前は冷たいな」

と、竜晴の方は見ないで、ぽつりと呟き、そのまま立ち上がった。そして、一度も振り返ることなく去っていった。別れの挨拶もなく、また来ると約束もせず、泰山が去ったのは、思えばめったにないことだったかもしれない。

泰山と花枝が去ってしまうと、竜晴は特に何事もなかった様子で、寛永寺へ行く前に読んでいた書物を手に取った。すると、その時、

「竜晴ー」

庭の方から、竜晴を呼ぶ声と羽ばたきの音が聞こえてきた。振り返ると、抜丸を足に絡みつかせた小烏丸が縁側に舞い下りたところである。

「ああ、お前たち。ご苦労だったね」

竜晴は付喪神たちを出迎え、そのまま中へ入るようにと告げた。抜丸は小烏丸の足から離れて、床を這い進み、小烏丸は二本の脚で歩いてくる。

「少し前に帰っていたのか」

「うむ。客人がいたのでな。庭の木の上で待たせてもらっていた」

小烏丸が答えた。

「それで、四谷の方はどうだった」

竜晴が尋ねると、抜丸が進み出る。

「法螺抜けの穴はすぐに見つかりました。相当大きなもので、あの辺りでも目立っていましたから。中へ入らぬよう縄が張られていましたが、私には関わりありませんので、中まで入り込み、しっかりと見てまいりました」

抜丸が誇らしげな様子で報告する。

「長く生きた法螺貝が本当にそこに住み着いていたのかは、私の力では分かりかねました。が、少なくとも今、あの場所に怪しげなものは住み着いておりません。洞穴は大きなもので、竜晴さまがふつうに立っても上に余裕があるほどです。奥行きもそこそこあり、竜晴さまが十人くらいは入れるほどかと思いました」

「なるほど、異変と呼べるようなものはなかったのだな」

「はい。隅から隅まで調べましたが、生きているものはおろか、死骸もなく、死霊が取り憑いている気配もございませんでした」

抜丸は自信を持って報告した。

「それなら、今のところは大僧正さまに知らせるには及ばないだろう」

近いうちに竜晴自身が出向き、その上で必要なことを報告すればよいと話を終えた時、

「竜晴、先ほどの医者先生たちの様子だが……」

と、小烏丸がいつになく言いにくそうな様子で切り出した。

「そのう、お話が聞こえてしまったのです」

抜丸が少し申し訳なさそうに言い添える。

「お前たちの耳なら聞き取れて当たり前だろう」

竜晴が淡々と応じると、付喪神たちは互いに目を見交わした。

「竜晴、お前は大事無いのか」

と、小烏丸が尋ねる。

「大事無い、とはどういう意味だ」

竜晴が訊き返すと、小烏丸はどう言ったものかと考えあぐねるような目で黙り込んだ。代わりに、

「医者先生といい、あの氏子の子供といい、無礼極まりない物言いでございました」

と、抜丸が怒りをこめて言う。

「大輔殿が帰る前から聞いていたのか」

「あ、はい。あの方たちがここへ到着するのとほぼ同じくらいに、私たちも帰り着きましたので」

「そうか。それで、小烏丸」

と、竜晴は再び小烏丸に目を向けた。

「お前の言う『大事無いのか』とはどういう意味なんだ」

「つまり、そのう、医者先生や氏子の子供の様子がいつもと違っていた。それは、竜晴、お前だって分かっているだろう」

「うむ。二人とも確かにいつもと違った。目つきも口の利きようもな」

竜晴は、先ほどの大輔と泰山の様子を克明に思い返しながら答えた。

「いつもの和やかな様子ではなかった。それを見てお前は……。いや、お前の心が痛んだりしたのではないかと、我は思ったのだ。その、心が痛むとはどういうことか分かるだろう?」

小烏丸がどことなく気がかりそうな調子で尋ねた。

「無論だ。寂しい、悲しい、つらい——そうした心持ちが、体に傷を負った時に感じるのと同じように、いや、時にはそれ以上に激しい痛みや疼《うず》きを感じさせることだろう」

「まあ、そうなんだが……」

小烏丸の物言いはいつになく歯切れが悪い。

「ところで、竜晴。お前はそうした心持ちを分かっているんだよな」

気を取り直したふうに、小烏丸は尋ねた。

「当たり前だ。寂しさも悲しさもつらさも分かっている。付喪神のお前たちだって感じることだろう?」

「もちろんです。私は竜晴さまと離れ離れになるつらさには耐えられません」

抜丸が間髪を容れずに答える。

「お前たちが分かる心持ちなら、私にも分かる。そうではないのか」

確かに、竜晴にこの世の道理や人との交わり方、ありとあらゆることを教えたのは、小烏丸と抜丸だ。そして、竜晴は二柱が教えることのすべてを、余すところなく吸い取り、理解してしまう偉才であった。竜晴に限って、何かを理解し損ねたなどということがあるはずもない。

「まあ、そうなんだろうな」

自分を納得させるかのように、小烏丸が呟いた。

「それにしても、あの医者先生。またしても、薬草畑の世話を忘れて帰るなんて」

と、抜丸が思い出したように怒りの言葉を吐く。

「まあ、泰山はいつもと違って憔悴《しょうすい》していた。仕方あるまい。お前が代わって見てやりなさい」

「竜晴さまがおっしゃるのなら、そういたしますが」

と、抜丸は言い、その姿のまま庭へ向かって這っていく。小烏丸は何となくといった様子で、その後に続き、抜丸が地面に体を着けるのとほぼ同時に、空へ舞い上がった。

「なあなあ」

薬草畑の中を這い進む抜丸に、近くの木の枝に止まった小烏丸は声をかける。

「何だ、私は仕事中だ」

抜丸は冷たい返事をした。

「お前は気にならないのか」

「何をだ」

「あの医者先生たちのことだ」

「ああ、あの竜晴さまへの無礼は許しがたい。泣いて詫びを入れ、残る命のすべてを竜晴さまに捧げると言うのなら、許すのを考えてやらぬでもないが……」

「そういうことではなくて、だな」

「なら、どういうことだ」

抜丸は畑の中から鎌首をもたげ、小烏丸を見上げるようにした。

「つまりだな、あの者たちの無礼は我も許しがたいと思うが、竜晴はさほど気にかけているふうではない。ならば、我らが代わりに怒ったところで意味はないだろう。それより、我が気になるのはあの医者先生たちのことだ」

「医者先生たちがどうだと言うんだ」

「竜晴に謝る云々《うんぬん》の話じゃない。それどころか、もう竜晴のところへは来なくなるかもしれないぞ」

「何、あの者たちが竜晴さまに謝らない、だと！」

そんなことがあり得るのか、と抜丸は本気で驚いたようであった。

「我はあり得ると思うぞ」

「……そうだろうか」

抜丸は疑わしげに言う。

「人間の中には、自分が悪いと分かっていても、意地を張って謝れない輩《やから》がいる。それがこじれにこじれて、死ぬまで険悪な間柄のままだった人間同士など、いくらも見てきただろう」

「確かに……」

抜丸はやや自信を失くした様子で呟いた。が、すぐに気を取り直すと、

「それならそれで、いいんじゃないのか。別に、あの医者先生や氏子の子供が来なくなったところで、竜晴さまには損なうものなど何もない」

と、強い口ぶりで言い放つ。

「そうだろうか」

小烏丸は疑いの念を漏らした。

「あの人間たちが来なくなっても、竜晴はいいんだろうか」

「いいに決まっている。そもそも、あの者たちは竜晴さまを煩わせるばかりだった。あの者たちが竜晴さまに何かをもたらしてくれたことがあったか」

「そう言われると、我にも答えるのが難しいのだが……。その、これこれと我らが言えない何かをもたらしている、ということはないだろうか」

小烏丸は言葉を探すようにしながら言った。抜丸はどう返事をすればよいのか分からないという様子で黙り込んでいるので、小烏丸は再び口を開いた。

「仮にあの人間たちが来なくなっても、竜晴はたぶんこれまでと変わらずに暮らしていくだろう。けれど、あの者たちとの関わりが途絶えるのは、竜晴にとって損失かもしれない。そして、竜晴がもっとずっと年を取ってから、そのことに気づいたとしたら、それは好ましくない事態ではなかろうか」

「お前の言うことはよく分からないが……。しかし、お前の言う通りになったら、よいことではないと私も思う。だが、この件で、私たちが竜晴さまのためにできることがあるのだろうか」

困惑気味に、抜丸が身をくねらせながら言う。

「それは、我にも分からぬ」

小烏丸は地上の抜丸から目をそらし、空を見上げながら言った。

「ただ、今日のことは少しだけ心に留めておこう。竜匡《たつおみ》から竜晴のことを託された我らの務めだ」

竜晴の亡き父の名を出して、小烏丸は言う。「分かった」と抜丸はいつになく神妙な調子で答えた。

三章　蛇抜け、法螺抜け

一

　竜晴に富くじの件を断られ、小烏丸神社を飛び出した大輔は、その後、花枝からこっぴどく叱られ、泰山から慰められ、花枝の告げ口で事情を知った父からも叱られた。不貞腐れた気分になっていた大輔だが、

「お父つぁんのこと、本気で心配してくれるのは大ちゃんだけだよ」

と、一悟から感謝の言葉を口にされると、悪い気はしなかった。

　それに、この日の晩、不機嫌な気分など吹っ飛んでしまうほど、思いがけないことが起こった。

　十兵衛の具合はその後もよくならず、大和屋ではどうしたものかと思案していたのだが、

「何かあったのかね」

と、囲炉裏端《いろりばた》で一服していたとある客が、朔右衛門に尋ねてきたのである。五十がらみの裕福そうな男であったが、奉公人たちの落ち着かない様子が気になったそうだ。朔右衛門は客に余計な心配をかけてしまったことをまず詫びた上で、十兵衛のことを話して聞かせた。すると、

「あたしはその人と同じ行商人だが、商いがうまくいって持ち合わせの金がある。少しばかりだが、医者にかかる金を用立ててあげようじゃないか」

と、その客は言い出した。そうなれば、朔右衛門も知らんふりというわけにはいかず、少しは金を出そうということになる。また、囲炉裏端で話を耳にした他の客たちも「多くは出せないが」と断りながら、少しずつ金を都合してくれた。

こうしてまとまった金ができたので、それを朔右衛門が渡しに出向くと、

「何と慈悲深い方々だろう。まさに神さまのお導きだ。どうお礼を申し上げればよいのやら」

と、十兵衛は涙ぐんで、朔右衛門を拝まんばかりに感謝した。

「あっしはこんな具合なもんで、皆さんにご挨拶できねえですが、代わりに倅を行

かせます」

十兵衛は「おい、一悟」と呼びかけ、

「くれぐれも失礼のねえよう、きちんとご挨拶してくるんだ。これで、お父つぁんを医者に診せてやれますって、ちゃんと頭を下げてくるんだぞ」

と、力のこもった声で告げた。

「うん、お父つぁん。ちゃんとお礼を言ってくるよ」

一悟は素直に返事をした。そのやり取りを近くで見ていた大輔も、黙っていられなくなり、

「俺も一悟と一緒に行く」

と、進み出て言った。

「お前が下手なことをして、かえって迷惑をかけるようなことになっては――」

朔右衛門は渋い顔をしたが、

「そんなことありません。大ちゃんが付いていてくれたら、俺は心強いです」

と、一悟が言ってくれた。

「大ちゃんみたいな兄ちゃんがいればよかったって、俺、いつも思ってるんです」

「俺も一悟のことは弟のように思えてならないんだ。なあ、いいだろ、お父つぁん」

一悟と大輔の二人から頼み込まれる形となり、十兵衛も大輔の心遣いを大変ありがたいと口を添えたので、最後には朔右衛門も承知した。

それで、大輔は一悟と一緒に、金を工面してくれた客たちの部屋を回って歩いた。大輔にとって少し意外だったのは、客たちが初めは困惑気味の表情を見せたことだ。中には「あんな端金《はしたがね》のことでわざわざ」と迷惑そうな態度を隠さぬ客もいた。しかし、一悟は少しも怖気《おじけ》づいたりせず、しっかりと礼を述べた。

「お父つぁんが倒れてしまって、本当に困っていたんです。これで、お父つぁんをお医者さまに診せてやれます。お父つぁんはご挨拶に来られませんが、心から感謝していました。本当にありがとうございました」

大輔が内心で驚きの声を上げるほど、立派な挨拶であった。そんな一悟の態度を見た途端、客たちの表情はたちまち和らいでしまい、「大変だろうけど、しっかりおやりよ」と最後には一悟を励ましてくれるのだった。中には、「これはお前さんに」と言って、一悟に小遣いをくれる客もいた。

その様子を見ながら、この人たちは必ずしも心から望んで金を出したわけではないのだな、と大輔は察した。十兵衛のことを気の毒に思いはしても、金まで出してやる義理はない――大半の人がそう考えることは大輔にも想像がつく。しかし、周りの人が出すと言えば、自分だけ出さぬわけにもいかなくなってしまうのだ。そういう人にとっては、多少なりとも心に沿わぬことをしたという不快感があったのだろう。

（でも、一悟がこうして礼を言って回ることで、この人たちの気持ちも変わったみたいだ）

大輔はそのことが嬉しく、また一悟を誇らしくも思った。

「俺はこの宿の者なんですが、俺からもお礼を申します。本当にありがとうございました」

大輔も頭を下げた。至ってありきたりの言葉しか言えなかったし、そもそも宿の息子がどうして礼を言いに来るのかと、客たちに妙な顔をされただけだったが、大輔の心は弾んでいた。

これで一悟のお父つぁんは医者に診てもらえる、すべて望み通りになったんだ、と——。

最後に訪ねた相手は五十路《いそじ》ほどの男であったが、一悟と馴染みだったのか、

「まあ、何よりだったね」

と、いきなり言った。どういう関わりなのかと首をかしげる大輔に、

「この方はこれまでにも、お父つぁんのことを心配して、部屋へ見舞いに来てくださったことがあるんだ」

と、一悟は説明した。そうだったのかと納得する大輔の前で、一悟はその客に改めて礼を述べ、大輔も頭を下げて、部屋を辞した。

「あの人が初めにお金を出すと言ってくれたんだって」

部屋を出て少し廊下を進んだところで、一悟が言った。

「あの人がきっかけを作ってくれたから、他の人もお金を出す気になってくれたんだろうな。あの人のお蔭だな」

大輔は足を止め、本当によかったとしみじみ言った。一悟は少しだけ背の高い大輔と正面から向き合い、

「何もかも、大ちゃんと大ちゃんのお父つぁんのお蔭だよ」

と、明るい笑顔になって言う。改まって礼を言われると気恥ずかしく、

「お父つぁんはともかく、俺は何もしてねえよ」

と、大輔は言って、一悟から目をそらした。その時、ふと大事なことを思い出し、

「そういや、これからお父つぁんを医者に診せるのか」

と、大輔は尋ねた。すでに日も暮れているので、気になったのである。

「ううん、もう遅いし、明日で大丈夫だってお父つぁんも言ってた。どのお医者さまに診せるかはしっかり考えないといけないしね」

と、一悟は言う。せっかく皆の親切で集まった大事な金を使うのだから、腕の悪い医者に診せるわけにはいかない。その慎重な意見はもちろん分かる。だが、十兵衛を治せなかった泰山の腕が悪いと言われたようで、大輔は少しもやもやした気分になった。

「そうだな。じゃあ、今夜は安心してゆっくり養生してくれって、お前のお父つぁんに伝えといてくれ」

胸のもやもやを追い払うように、大輔は明るく言った。その晩、二人はそこで別れ、一悟は父と泊まっている宿の部屋へ、大輔はその裏手にある一軒家へと戻った。

翌日は、十兵衛のために医者を探さなければならない。大輔は手伝いをするつもりで、翌朝は身支度を整えるなり一悟たちの部屋へ向かった。

だが、その時になって、大輔は愕然《がくぜん》とした。

十兵衛と一悟の親子は、すでに宿からいなくなっていたのである。


大輔には何が起きたのか、まるで分からなかった。

宿の方へ出向いた時、十兵衛たちのことを聞かされたが、どうしてそんなことになったのか、くわしいことは誰も教えてくれない。父の朔右衛門からは「このことは絶対に誰にも話すな」と厳しい顔で言い渡され、さらに今日は宿の方へは出入りするなと命じられてしまった。

それ以上、厳しい顔をして奉公人たちと何やら相談し合っている父に、あれこれ問うこともできない。大輔は言われた通り宿を出たが、何をするにも落ち着かなかった。頭の中に浮かぶのは一悟の顔ばかりである。

うろうろと裏庭を歩き回っていたら、「大輔」と声をかけられた。

花枝が縁側に立っている。

「何だよ、姉ちゃんか」

大輔はわざとぶっきらぼうな返事をした。一悟がいなくなって寂しがっているとか、気落ちしているというふうに見られたくなかった。

「あんた、十兵衛さんと一悟ちゃんのこと、もう聞いているのよね」

「……ああ、聞いた」

大輔は相変わらずの調子で答えた。

「十兵衛さんは何の断りもなく、急にいなくなったそうよ。昨日、十兵衛さんのためにって、宿のお客さまたちがお金を出してくださったことは、あんたも知っているわよね」

「ああ。一悟が礼を言って回るのに、俺も付いていったんだ」

「そうだったわね。そのお金もなくなっていたそうよ。十兵衛さんはうちの宿代も支払っていなかったんですって。そのことは聞いているの？」

大輔は黙って花枝から目をそらした。

十兵衛が宿代を踏み倒したことは聞いていなかったが、いなくなったと聞いた時から、そうではないかと予測はしていた。そして、それを認めたくもなかったし、その事実を聞きたくもなかった。

「お父つぁんは十兵衛さんたちがいなくなったことを、他のお客さまのお耳には入れないようにって、奉公人の皆に注意していたわ。お聞きになってしまえば、ご不快になられるから当たり前よね。十兵衛さんは何も言わずにいなくなってしまったのだから――」

「何も言わなかったわけじゃないだろ。一悟はちゃんと礼を言って回ったんだし」

つい二人を庇いたくなって、大輔は口走っていた。言ってしまってから花枝が怒り出すかと、身構えた気持ちになったが、花枝は静かにうなずいただけであった。

「確かに一悟ちゃんはお金を出してくれたお客さんに、丁寧にお礼を言って回ったわ。それに、お金はもう十兵衛さんがもらったものなのだから、どう使おうとかまわないはず。それを後からとやかく言うのは違うって考え方もあるかもしれない」

花枝はいったん口を閉ざすと、じっと大輔を見つめてきた。花枝の眼差しが刺さるように感じられたが、大輔は目をそちらへは戻さなかった。

「それで、あんたはどう思うの？」

「どうって……？」

大輔は花枝の方を見ないで訊き返した。

「十兵衛さんのしたことは間違っていないと思うのかってこと。あんたが昨日、宮司さまに対してしたことは謝らなくていいことなのか、と訊いているのよ」

花枝は容赦なく尋ねてくる。その物言いや声が厳しかったとか険しかったわけではない。むしろふだんよりずっと落ち着いた静かな物言いであった。だが、そういう言い方をされる時の方が、きつく聞こえるのだということを、この時、大輔は初めて知った。

大輔が返事をしないでいると、花枝はややあってから再び口を開いた。

「十兵衛さんが初めから悪いことを企《たくら》んで、お金を手に入れたのかどうかは、もう確かめようがないわ」

そう呟いて、花枝は小さな溜息を漏らした。

具合が悪かったのは本当かもしれないし、お金が手に入ったから、知り合いの医者にかかろうと旅籠を出ていったのかもしれない。あるいは、昨晩急に具合がよくなり、皆に顔を合わせるのがきまり悪くなったのかもしれないし、手に入れたお金を返すのが惜しくなって、こっそり姿を消したのかもしれない。

「でも、そのどれであれ、十兵衛さんは間違っていると、私は思うわ」

花枝はきっぱり言った。

「お金は返すべきだとか、うちの宿代を踏み倒したのはよくないとか、そういうことではないの。十兵衛さんは一悟ちゃんにだけ礼を言わせて、自分では何もしていない。そして、どんな理由があるにせよ、何の釈明もせずこっそり逃げ出したことだけは確かだわ。私はそれが間違っていると思うの」

花枝が言わんとしていることが、大輔にもはっきりと分かった。

あんたも十兵衛さんと同じように、そうやって逃げ隠れして生きていくつもりなのか――と、花枝は問いただしているのだ。

昨日、竜晴に対して失礼な態度を取ったことは、自分でも分かっている。謝らなくてはいけないことも。だが、それをせずに済ませられないものかという、ずるい考えが心の片隅にあるのも事実だった。

小鳥神社の氏子である自分が、この先、ずっと竜晴と顔を合わせないで済ませることは無理だろう。だが、しばらくの間、小鳥神社へ行くのを控えることはできる。時が経《た》てば、竜晴も花枝も昨日のことを忘れてしまうのではないか。そして、何もなかったように、以前の仲に戻れるのではないか。

そんなに都合よく運ばないと分かってはいたが、そうなってほしいと願う気持ちが大輔にはあった。

(姉ちゃんには見抜かれてる……)

今ここで返事をうやむやにして逃げれば、姉からは軽蔑されるだろう。まっすぐな姉は一生大輔を許してくれない。竜晴がどういう態度を見せるのかは、正直なところ大輔にはよく分からなかった。だが、この先、竜晴に対してずっとわだかまりを持ち続けることも、竜晴との間に見えない壁がある状態で関わっていくことも、自分には耐えられないと思った。

「姉ちゃん」

大輔は目を姉に戻して、しっかりと言った。

「俺、竜晴さまにちゃんと謝りたい」

「……そう」

花枝の表情から強張りが消え、その口から安堵の息が漏れた。花枝はそれ以上何も言わなかったが、姉をたいそう心配させてしまっていたことを、この時、大輔は悟ったのだった。

二

その日、花枝と大輔、それに泰山がそろって、小鳥神社へ現れたのは間もなく昼になろうという頃であった。昨日のように庭先から声をかけてくるのではなく、三人とも神妙な顔つきで玄関口へ現れた。

「宮司さま、おいでですか。大和屋の花枝と大輔です。泰山先生もご一緒です」

という花枝の声を聞き、竜晴は玄関口へ向かった。

「ああ、三人おそろいでしたか」

竜晴の態度が昨日の出迎えの時とさして変わらぬのを見た三人は、それぞれほっとした様子を見せた。

「その、今日は大事なお知らせがあって参りました。それに、この子が宮司さまにちゃんと謝りたいと申しますので」

と、花枝は大輔の方を見る。

「竜晴さま、昨日は俺、本当にごめんなさい」

大輔は玄関に立ったまま、深々と頭を下げ、大きな声で言った。

「これはまた、ずいぶんとはきはきした謝罪ですね」

竜晴が言うと、大輔は顔を上げた。その表情が今にも泣き出しそうにゆがんでいる。その傍らでは花枝が蒼白な顔をし、泰山も困惑した表情を浮かべている。

「はきはきしたとは、気持ちがよいという意味で他意はありません」

竜晴が付け足して言うと、三人そろって再びほっとした表情になる。

「大輔殿は邪《よこしま》な心で昨日の話を持ちかけたわけではないだろう。ならば、私に謝る必要はないし、私は不快になったわけでもない」

竜晴が言うと、その言葉が終わるのを待ちかねた様子で、泰山が口を開いた。

「竜晴、私も昨日は本当に失礼なことを言った。申し訳なく思っている」

泰山も大輔がしたように、その場で深々と頭を下げた。

「私は大輔殿のように気持ちのよい謝罪はできないし、お前に許してくれと言うのも虫がいいと分かっている。が、できるなら、これまでと変わらぬ交誼《こうぎ》を願っている。どうか、分かってもらえまいか」

「お前までがそうして、大袈裟に頭を下げる理由が私には分からない。お前にしても、昨日の発言は邪な心から出たものではないのだろう？」

「そりゃあ、そうだが……」

「己が正しいと思うところに従って、行動した結果、過ちであったのなら、それを過ちと認めればよいだけのこと。なぜ他人に謝る必要がある」

「正しいと信じて行動したことが間違っていて、その結果、他人を傷つけたのであれば、謝るべきだろう」

「傷つけたのならそうするべきだろうが、今回に限っては誰も傷ついてはいるまい」

「それはつまり、お前は私の言葉などにまったく傷ついていない、ということなんだろうが……」

確かにお前があれしきのことで傷ついたと考える方が間違っているのかもしれないが、それはそれで、私のことを歯牙《しが》にもかけぬと言われたも同じであり……と、泰山はぶつぶつ呟いている。

「あ、あの、泰山先生」

傍らに立つ花枝が口を開いた。

「宮司さまは気にしないとおっしゃっているのですから、この件はよしということになさっては？　泰山先生もこれまでと同じように、宮司さまとお付き合いを続ければよろしいのです」

「あ……ああ」

花枝の言葉に我に返った泰山は、改めて竜晴の顔をまじまじと見つめた。

「それで、本当にお前はいいのか」

竜晴は無言で泰山を見つめ返す。

「神にお仕えする宮司さまに限って、二言はございませんとも。ねえ、宮司さま」

花枝が二人を取り持つように明るい声で言い、竜晴に尋ねた。

「もちろんです。私が偽りを述べることも、過ちを犯すこともありません」

竜晴は平然と言った。

「過ちを犯すこともないって、お前、人じゃないみたいなことを平然と言うもんじゃないぞ」

いつもの調子に戻って、泰山があきれたように竜晴を見る。

「そういうところが宮司さまらしいのですわ。それより、大事なお話をしたいのですが」

花枝が竜晴に真剣な目を向けて言った。

「ああ、そうでしたね。とにかく中へお入りください」

竜晴はそう言って、昨日と同じ、居間へと三人を通した。部屋の中には、水差しときっかり三人分の茶碗が用意されている。竜晴が茶碗に水を注いで差し出すのを、三人は妙な目つきで見ていたが、あえて何も尋ねようとはしなかった。

「さて、話とは何ですか」

竜晴は花枝に目を向けて促した。

「はい。昨日、お話しした十兵衛さんのことなのですが……」

と、花枝は神妙な表情で切り出し、十兵衛と一悟の親子が今朝方、旅籠からいなくなっていたことを話した。昨夜、客たちが差し出した金が十兵衛の手に渡ったこと、宿代を踏み倒されたことも話した上で、

「やはり、十兵衛さんは私たちを欺《あざむ》いていたのではないかと思うのです」

と、花枝はやや困惑気味に告げた。

「旅籠を営む者として、私どもの父までがあっさり騙されたのは情けないお話なのですが……」

「私も話を聞いて驚いたのだが、そう聞かされれば、あれが偽病《いつわりやみ》（仮病）だったのかもしれないと思えてきた。重病とも思えぬのにいささか大袈裟な苦しみぶりであったし、薬が効かないと言っていたのも……な」

泰山も言いにくそうな調子で付け加える。大輔は何も言わず、ずっとうつむいていた。

「そうでしたか。大和屋さんには災難でしたね」

竜晴は花枝に労りの言葉を向けた。

「いえ、商いを営む者にこういうことはつきものですから」

花枝は目を伏せて答える。

「それを言うなら、医者だって偽病を申し立てる患者に振り回されることはあります。意図して嘘を吐く者もいれば、実際にはどこも悪くないのに、本気で苦しいと思い込む人もいて、そこが厄介なのだが……」

「ふうむ。そういうものなのか」

竜晴が呟くと、「なあ、竜晴」と泰山が改まった表情で言い出した。

「お前はもしかして、十兵衛さんの偽病に、昨日、気づいていたのではないか」

「私は医者ではないし、人の心が読めるわけでもない。むしろ、人の心のありようはお前より分かっていないだろう。だから、あの人の言葉が偽りかもしれないと疑っていただけだ。そして、今の言葉によれば、お前だって同じように、いくらかは疑っていたということだろう」

竜晴が告げると、泰山は一つ息を漏らした。

「そう……だな。お前の言う通りだ。一人前の医者ならば、患者が嘘を言うかもしれない、思い込みでしゃべっているかもしれない、と疑ってかからねばならなかった。私は分かっていても、つい目の前の人の言葉をそのまま鵜《う》呑《の》みにしてしまう」

「人を疑わないところが、泰山先生のよいところでもあります」

花枝が慰めるように言葉を添えた。

「いや、かたじけない。というか、情けないと言わねばならぬところかもしれませんが……」

泰山が恥ずかしそうに笑ってみせた。

「いずれにしても、あの人に何かが憑いていなかったのは確かだ。だから、嘘を言っていたとしても取り憑いた霊が言わせていたということはない」

竜晴が断言すると、「……そうか。お前が言うのならそれは確かなことだ」と、泰山は神妙な顔でうなずいた。

「で、でもさ」

その時、それまでうつむいて無言を通してきた大輔が顔を上げた。

「一悟のお父つぁんは嘘吐きだったかもしれないけど、一悟まで嘘吐きってことにはならないよね」

大輔は誰かに賛同してもらいたいというふうに、竜晴、泰山、花枝の顔を順に見つめていく。その眼差しは必死だった。花枝が小さく息を吐きながら、「あのね、大輔」とおもむろに口を開く。

「確かに、一悟ちゃんは自ら嘘を吐いたわけじゃない。でも、お父つぁんが嘘吐きだってことをまったく知らなかったなんてことが、ふつうに考えてあるかしら」

「でも、お父つぁんから厳しく口止めされてたせいで、黙ってたのかもしれないし、無理やり従わされてたってこともあり得るだろ」

花枝は大輔の言葉に逆らわず「そうね」とうなずいた。

「そうだとしたら、一悟ちゃんはとてもかわいそうな子ってことになるわね。でも、二人が出ていってしまった今はもう、私たちにできることはないわ」

そう言われると、返す言葉がないというふうに、大輔は再び下を向いてしまう。

「大輔殿は一悟殿を信じたいのであろう？」

竜晴が不意に尋ねた。

「そう思うのなら、信じ続ければよいのではないかと、私は思う」

「本当？」

大輔は思わずというふうに顔を上げ、すがりつくような目を竜晴に向けた。

「いつか答えが分かるかもしれぬし、一生分からないやもしれぬ。答えが分かった時、自分が間違っていたなら、そこで考えを改めればいい。先にも言った通り、誰かを傷つけたのなら、きちんと謝ればいい。無論、それによって大輔殿自身が傷つくこともあるかもしれぬ。しかし、それでもなお、一悟殿を信じたいと大輔殿は思うのだろう。ならば、あれこれ考えるより、それ以外の道など初めからないと私は思うが……」

大輔の表情が徐々に生き生きとしてくる。それを見て、

「宮司さま、ありがとうございます」

と、花枝は竜晴に頭を下げた。

「礼を言われるようなことをしてはいないが……」

と、竜晴は言葉を返す。

「いいえ、昨日弟がしたことは、ふつうなら宮司さまのお怒りを買ってもおかしくないことです。場合によっては、神社への出入りを禁じられたとしても仕方のないことでした」

花枝はしっかりとした口ぶりで真面目に告げた。

「ですが、こうして迷っている弟の心を導いてくださいました。それが、ただお心のままに動かれただけだとしても、いいえ、だからこそ、宮司さまに感謝しないわけにはいかないのです」

「うん、姉ちゃんの言う通りだよ。竜晴さま、ありがとうございました」

大輔はすっかり晴れやかな顔つきになって、素直に礼を述べた。竜晴はこの時は黙ってその言葉を受けた。

「竜晴さまってさあ」

話が一段落すると、大輔がすっかりいつもの調子を取り戻した馴《な》れ馴《な》れしさで言い出した。

「本当に、過ちを犯すことなんかなさそうだよね」

「いやいや、大輔殿」

黙っている竜晴の代わりに、泰山が気軽な調子で口を開く。

「過ちを犯さない人など、この世にいないだろう」

泰山は笑っていた。花枝は何とも言葉を発しはしなかったが、泰山と同じような笑顔を浮かべている。

「そうだろうか」

竜晴はそう言って首をかしげた。

「またまた、そういうことを言う」

まるで竜晴が軽口を叩いたとでもいうふうに、泰山は笑い続けている。

軽口を叩いたつもりはまったくなかったが、竜晴はあえてそのことを三人に告げはしなかった。

三

その後、患者たちの診察回りをするという泰山と、旅籠の様子が心配だという花枝は小烏神社から帰っていったが、大輔一人は残った。というのも、竜晴がこの後、四谷の法螺抜けの穴を調べに行くというのを聞き、

「俺も連れてってくれないかなあ」

と、言い出したためであった。

「ご迷惑になるだけだから、およしなさい」

と、花枝は言っていたのだが、「別にかまいません」と竜晴が答えると、大輔は大喜びした。

それで、竜晴は抜丸に留守を任せ、大輔と二人で四谷へ向かった。小烏丸にはカラスの姿で適当について来るようにと言ってある。

「竜晴さまさあ、法螺抜けってどういうものなんだ？」

道々、改めて尋ねてきた大輔に、竜晴は怪訝な目を向けた。

「法螺抜けに関心があって、見に行きたいわけではなかったのか」

「うーん、俺が知ってたのは蛇抜けの方なんだよね」

大輔はそう言った時、少し寂しげな表情を浮かべたものの、

「蛇抜けって、山が崩れて土砂にやられる災いのことを言うんだろ？　法螺抜けってのも、そういうものなのか」

と、話をすぐに元に戻した。

「法螺抜けは、深い山の中で何千年と生きた大法螺貝が龍となって空へ昇ることを言うのだ。実は、四谷で法螺抜けが起きたという話を聞いたので、それを確かめに行く」

「四谷に深い山なんてあったっけ？」

大輔は首をひねった。

「もとは深い山であっても、長い歳月が経つうちに切り開かれたり、土砂が流されたりして、近くに人が住まうような土地になる。それで、法螺抜けが人の目に留まったということであろう」

「へえ。竜晴さまはその話を誰に聞いたの」

「四谷の法螺抜けについては、寛永寺の住職、天海大僧正さまからお聞きした。調べてきてくれと頼まれたのだ」

竜晴が天海大僧正と知り合いであることは、前に話したことがあったから、大輔も驚かない。

「そうだったのか。じゃあ、法螺抜けっていう言葉は誰に聞いたの」

「……さて、誰だったたか。ずいぶん前のことだったように思うが」

「ずいぶん前なら、竜晴さまのお父つぁんとか？」

「……そうだったかもしれぬ」

竜晴はあいまいな返事をした。正確には、亡き父ではなく、亡き父が養育を託した付喪神たちから教えられたのだが、それを大輔に語るわけにはいかない。

「竜晴さまって、俺の年よりずっと小さい頃に、お父つぁんを亡くされたんだよね。おっ母さんはもっと小さい頃に逝《い》っちゃったんだろ」

「うむ」

「うちのお父つぁんがいつも言ってる。竜晴さまは十歳より前に小烏神社を託されることになったが、その時からもう立派な宮司さまだったたって」

「それは、お父上が少々大袈裟に言っておられるだけだ。氏子の方々に助けられて、ここまでやってこられたのだ」

竜晴が言うと、大輔は妙な目つきになって、まじまじと竜晴を見つめてきた。

「ふうん。竜晴さままでも謙遜《けんそん》するんだね」

「私が謙遜するのはおかしいか？」

「いや、そうじゃなくて。さっきみたいな……ほら、自分は過ちを犯さない、みたいなことを言うかと思えば、今みたいなことも言うからさ。よく分からないんだよな。別に悪いって言ってるわけじゃないよ。謎が深いって言えばいいのかな」

大輔は少し気を遣うような口ぶりで言った。昨日のことから、失言をしないようにと気にしているらしい。

「……ふうむ」

その謎の多くは付喪神によって育てられた人間だから——ということに尽きるだろうが、そのことも言うわけにはいかなかった。ふつうの人間とはこうするものだ、というふうに、竜晴は教えられている。そして、教えられたことは何の障《さわ》りもなくやりこなしてきた。人はこういう時に怒り、こういう時に喜ぶ。悲しい時にはこういうことを言い、楽しい時にはこう振る舞うものだ、と――。

それが他人の目にどう映っているのか、取り立てて考えてみたことはなかったが、それではいけなかったのかもしれない。どうも近頃は他人との仲に障りが生じている。泰山との仲、大輔との仲、花枝との仲に――。

そういえば、自分と同じように、尋常ならざる力を持ち、人ならざるものの存在を察知できる天海はどうなのだろう。これまで考えてみたこともなかったことを、竜晴は思いついた。あの大僧正でも、他人との関わり合いにおいて障りが生じたり、思い悩んだりしたことが、あったのだろうか。

いずれ機会があれば訊いてみよう。

竜晴がめずらしいことを心に留めているうちに、やがて、二人は四谷へ到着した。法螺抜けがあったという千日谷へ向かう。

やがて、抜丸の言っていた通り、大きな洞穴のある小山の切り落としが見つかった。洞穴の前に縄が張られており、人の立ち入りを禁じているが、入ろうと思えば入れぬこともないし、見張りの者がいるわけでもない。

もっとも、もともと人が多く通るような場所ではなく、人の姿も見られなかった。

「うわあ、これが法螺貝の穴なのか」

大輔は自分の背丈の倍もありそうな天井の大穴に、驚きの声を上げている。

その時、竜晴は空を見上げていた。ちょうど洞穴の上空に当たる場所を、旋回している鳥の影が一つ見える。

小烏丸ではなかった。

（あれは、鷹か）

少し遠いので、目で確かめることも、気配をつかむこともできなかったが、伊勢貞衡の飼っているアサマという鷹ではないのか。

アサマはふつうの鷹として世話をされ、専用の鷹匠《たかじょう》までつけられていたが、小烏神社へ連れてこられた時、一言だけ竜晴にも分かる言葉を放った。小烏丸に向かって「おぬし。ただのカラスではないな」と言ったのである。

それ以来、竜晴たちはアサマが付喪神ではないかと疑っていた。伊勢平氏の血を受け継ぐ旗本の伊勢家に代々伝えられてきた、古くて貴重な何か——それが大事に扱われることで命を得た、付喪神ではないのか、と——。

その後、正体を探る機会もなかったのだが、ここにアサマが来ていたとなればいろいろと調べようもある。

(小鳥丸)

竜晴は大輔に気づかれぬよう、そっと念を送った。小鳥丸がこの近くまで来ていれば、意思を交わすことができるはずだ。

(竜晴か。鷹が近くにいるな)

すぐに、小鳥丸の応《いら》えがあった。そっと目を動かすと、上野の方面からこちらへ向かって飛んでくる黒い影がある。

(万一のことがある。鷹に気をつけろ)

竜晴は告げた。

(十分用心した上で、あの鷹がアサマかどうか調べてくれ。ただし、深追いはするな)

(分かった)

それだけのやり取りを小鳥丸と交わした直後、千日谷の上空を旋回していた鷹が急に西へと方向を転じた。東から向かってくる小鳥丸から、まるで逃げ出したようである。

（鷹が去っていった。無理はしなくていい）

竜晴はもう一度、小烏丸に胸で語りかけると、隣に立って空を見上げている大輔に目を向けた。

「大法螺貝は、あの空へ飛んでいったんだよね」

信じられないよなあと、穏やかな空を見上げながら、大輔は呟いた。

「飛んでいった時は法螺貝ではなく、龍の姿だったと思うがな」

「あ、そうだよね。龍なら空を飛ぶ姿もかっこいいだろうなあ」

そんなことを言った大輔は、やがて近付いてきた小烏丸に目を留めた。

「あ、竜晴さま。カラスが飛んでいるよ」

「そりゃあ、カラスくらい飛んでいても不思議はないだろう」

「でもさあ、もしかしたら、あのカラス、小烏神社にいつもいるカラスかもしれないよ」

どきっとするようなことを大輔は言う。

「大輔殿はカラスの区別がつくのか」

「いや、つかないけどさあ。でも、小烏神社にいつも飛んでくるカラスは、泰山先生が助けてやったカラスなんじゃないかなあ。時々見かけるけど、そういう気がしてならないんだよね」

「まあ、それはそうかもしれないな」

と、竜晴は答えておいた。

「では、洞穴の中を少し見ておこうか」

竜晴が言うと、大輔は空から目を戻し、

「えっ、縄が張ってあるのに中に入ってもいいの？」

と、吃驚して訊いた。

「あの縄を張るように命じたのはおそらく寛永寺の大僧正さまだ。私は他ならぬ大僧正さまから調べてくるようにと言われたのだから、問題あるまい」

竜晴はそう言うと、縄を下から潜《くぐ》り抜け、洞穴の中へ進んでいく。「あっ、俺も」と大輔が言いながら、慌てて竜晴の後に続いた。

洞穴の高さは竜晴の頭より少し高く、奥行きはそれほどでもない。大人が十人ほど立てるくらいだろうか。

それでも、大輔には十分大きい穴と感じられたらしく、

「うわあ、走って回れるほど広いんだね」

と、はしゃぎながら洞穴の中を駆け回っている。抜丸の報告にあったように、これという危険は感じられなかったので、大輔の好きにさせておいた。

その間、竜晴は洞穴の最も奥へと進み、その土の壁に手を当て、奥の様子を探る。奥が岩なのか、つい最近、穴が空いたというわりに、土の壁は厚く頑丈であった。この先、すぐに崩れ落ちるようなこともなさそうだと思いつつ、竜晴も洞穴の中を一回りした。

「長く生きた法螺貝って、こんなに大きくなるんだね」

大輔は感心した様子で呟いている。

「それに、ここは夏は涼しくっていいや。寝ころんだら冷やっとして、気持ちいいんじゃないかなあ」

そんなことを言いながら、今にも土の上に横たわりたそうな顔をしているので、

「やめた方がいい」と竜晴は止めた。

「着物が汚れて、母上や花枝殿に叱られるだろう」

その言葉は効果があったらしく、大輔は不服そうな表情を浮かべたものの、その

場に寝ころぶのはあきらめたようであった。

竜晴は大輔に外へ出るように言い、自分もその後に続いた。ただし、最後に少しだけ仕掛けを施していく。

懐の中から白い紙を取り出すと、印を結んでふっと息を吹きかけ、それを洞穴の中に飛ばした。すると、ひらひらと舞い落ちていった紙は地面につくなり、瞬く間にうねうねとくねり始める。まるで抜丸のような白い蛇そのものであった。

竜晴の呪力によって蛇として動くことができるようになったそれは、いわゆる式《しき》神《がみ》である。蛇の式神は洞穴の奥へと這い進み、竜晴が外へ出た時にはもう、見えなくなっていた。無論、そのことに大輔が気づくことはなかった。

四章　雄蛇苺と虫刺され

一

竜晴と大輔が四谷から小烏神社へ戻ってきた時、すでに夕方近くになっていたが、先に帰ったはずの泰山が庭の薬草畑にかがみ込んでいた。

「あれ、泰山先生。また来たの」

大輔が駆け寄りながら尋ねた。

「ああ、患者さんのお宅を回った帰りにな。昨日からずっと畑の世話をしていなかったから」

しかし、どの薬草も具合がいい――と、泰山はにこにこしながら竜晴を見た。お前が水やりをしてくれてたんだな、とその目が言っている。完全な誤解だが、訊かれていないものを答える必要はないので、竜晴は黙っていた。

ちらと縁側の下に目を向けると、白いものが動いた。抜丸は泰山の目に触れぬよう、身を潜めているようだ。

「そちらの用事も終わったようだな」

泰山が竜晴を見つめたまま尋ねた。

「ああ。寛永寺の大僧正さまからの頼まれごとは無事に果たした」

「法螺抜けの穴を見てきたんだ。すごく大きくてさ。泰山先生と竜晴さまが横たわってもぜんぜん余裕があるくらいなんだよ」

大輔が昂奮《こうふん》気味に口を挟む。

「そうなのか」

と、にこにこしながら応じていた泰山の顔つきが、その時、にわかに変わった。

「大輔殿、それはどこでやられたのだ?」

泰山は大輔の左足のふくらはぎを指さしながら尋ねた。

「ああ、これ?」

大輔はそこに手をやりながら言った。

「さっきからかゆいんだよね。でも、こんなの、蚊に刺されただけだろ」

そう言いながらも、大輔は患部を手でかいている。

「そんなふうに、むやみにかいてはいけない」

泰山は大輔の腕をつかみ、厳しい声で告げた。

「たとえ蚊であっても、きちんと薬を使うべきだ。それに、いつもと違う場所へ出かけた時は、ただの虫刺されと侮《あなど》らない方がいい」

診せてくれと言い、泰山は膝をついて大輔の虫刺されの痕《あと》を検《あらた》め始めた。

「その洞穴で刺されたということはないのか？」

泰山は少し気がかりだという調子で尋ねた。

「えー、よく覚えてないや。たぶんそれより後だと思うんだけど」

大輔の返事は心もとない。泰山は竜晴の方に目を向けた。

「お前は分からないか」

そう問いかけ、再びすぐに大輔のふくらはぎへと目を戻す。

「洞穴に着いた時、そういう症状はなかったように思う。そして、洞穴の中は私が力を使って確かめたが、命あるものはまったくいなかった」

「命あるものがいなかった？　まあ、草などが生えていないというのは分からなくないが、虫などは外から入ってくるだろう。そういうこともないというのか」

泰山が怪訝そうに問うた。

「ああ、それもない。理由の第一は、法螺抜けの起きた場所だからだ。自分たちとは格の違う命に圧倒されたものたちは、そこへは寄りつけなくなる。理由の第二は、大僧正さまのご命令で張られていた縄だ」

「あの縄が何かあったの」

今度は大輔が怪訝そうな表情を見せる。

「大僧正さまご自身は当地へ出向いたことがなく、だからこそ私に見てきてほしいとおっしゃったわけだが、あの縄はおそらく手ずから使いの者に渡されたのだろう。呪力がこめてあった。人に対しては中へ入ろうという気持ちを失わせる効果があり、鳥獣や虫などに対しては結界に等しい効果を持つ。だから、あの洞穴には蚊一匹たりとも入り込めなかったと言うことができる」

滑らかに語り終えた竜晴が口を閉ざすと、

「すごい自信だね」

と、大輔が感に堪えないという様子で言った。「もちろん絶対に信じられるんだけどさ」と続けて付け足す。

「ああ、そうだな。竜晴の言葉は私もまったく疑っていないよ」

　泰山が苦笑しながら言った。それから、

「見たところ、大輔殿の言うように蚊に刺されたもののようだ。しかし、薬は処方しておこう」

　と、真面目な顔つきになって言い、それまで手で触らないようにと注意し、立ち上がった。

　縁側の隅の方に、四角い風呂敷包みが置かれている。中身は、泰山が患者宅を回る時に持ち運んでいる木製の薬箱であった。泰山は風呂敷をほどき、薬箱の抽斗《ひきだし》の一つから乾燥させた草を取り出した。

「薬を煎《せん》じたいのだが、台所の竈《かま》を使わせてもらってかまわないか」

　竜晴がうなずくと、泰山は薬草を持って台所の戸口へと向かった。その間に、竜晴は大輔を井戸端へ連れていく。手洗いをさせた上、患部も水で洗っておくように、という泰山の指示によるものだ。

「そんなに大袈裟にしなくてもいいのに」

大輔は気軽に言うが、

「医者の言うことには従った方がいいだろう。軽く考えていたために、症状が重くなるという例《ためし》はいくらでもあることだしな」

と、竜晴は忠告した。すると、今度は「うん、そうだね」と大輔も神妙な調子になって言い、おとなしく虫刺されの箇所を井戸水で洗い出した。最後に手拭いで丁寧に水を拭き取り、竜晴と大輔が縁側へ戻って待っていると、ほどなくして、泰山が煎じた薬を持って現れた。

「本当はもっと煮詰めた方がよいのだが、処置は早い方がよいからな」

泰山はそう言い、大輔のふくらはぎに布に染み込ませた煎じ薬を当て、しばらくそのままでいるようにと告げた。

「これは、蛇含草《じゃがんそう》を煎じたものなんだ」

と、泰山は語り出した。

「蛇含草とは、雄蛇苺《おへびいちご》と呼ばれるものだな」

竜晴が応じ、その通りだと泰山は答える。

「蛇苺なら俺も知ってるよ」

と、すかさず大輔が口を挟んだ。

「黄色い花で、粒のついた小さな赤い実をつけるやつだろ。おいしそうだったんで、俺、食べようとしたんだけど、ぜんぜん美味《うま》くないから吐き出しちまった。そしたら、あれは蛇が食べるやつだから毒入りだぞって、後でうちのお客さんから脅かされたんだけど……」

大輔の話に、泰山は声を上げて笑い出した。

「大輔殿の言う蛇苺は、今使った雄蛇苺とは違う草だ。それに、蛇苺の実は食べられるものではないが、別に毒はない。特に具合が悪くなったということもなかっただろう？」

「うん、何ともなかった」

大輔はけろりとして言った。

「蛇苺は『じゃも』と呼ばれて、漢方の薬として用いられている。蛇含草を雄蛇苺とも呼ぶのは、全体が蛇苺に似ているものの、蛇苺より少し大きいから『雌《し》雄《ゆう》』の『雄《ゆう》』をつけて『雄《お》』と読むらしい。花の時季は蛇苺より少し遅くて、梅雨に差しかかった頃。実はつくが赤くはならない。この草は煎じて、できものや虫刺されに用いるのだ」

この小烏神社にも生えている——と、泰山は続けた。薬草畑で世話をしているわけではなく、自然に生えたものをそのまま残しているという。特に世話をしなくても無事に育つからなと言い、それから大輔に具合はどうかと尋ねた。

「うん、もうかゆくはないよ」

大輔は手で押さえていた布をはがし、虫刺されの痕をのぞき込みながら、「まだ腫れはひいてないけど」と呟いた。

「蛇含草を少し持って帰り、煎じて塗るといい。布に含ませて当てて置くのが面倒なら、ただ塗るだけでも効果はあるから」

泰山は薬箱の中から、蛇含草を乾燥させて砕いたものだという粉を取り出し、また別の抽斗から取り出した紙に包んで、大輔に渡した。

「あ、でも、俺、金を持ってないや」

「この神社で摘んだものをただ乾かして砕いただけだから、金は要らない」

泰山は穏やかに笑って答えた。

「今日は、花枝殿と大輔殿に世話になったしな」

「ありがとうございます、泰山先生。ちゃんと姉ちゃんに言っておくよ」

大輔はそう言うと、勢いよく立ち上がった。

「蛇含草って、どこら辺に生えてるの？」

大輔は泰山に尋ね、正面の少し左側の草むらだと言われると、そちらに向かおうとする。

「もう花もないし、実もついてないと思うぞ」

泰山の言葉に、「それでもいいよ。ちょっと見るだけだから」と、大輔はそのまま進もうとしたが、ふと足を止めると振り返った。

「蛇がいたりする？」

「いや、まあ、蛇はどこにでもいるだろうが、特に蛇含草や蛇苺を好むわけじゃない。蛇はそもそも草は食べない生き物だからな」

「じゃあ、大丈夫だね」

大輔は勝手に自分を納得させ、竜晴と泰山に背を向けて歩き出した。

「それでも、蛇はいるかもしれないし、虫にも気をつけるんだぞ」

さらに忠告したものの、泰山も大輔を止めはしなかった。大輔を見守るその眼差

しの優しさに気づき、

「お前が心配していたのは薬草ではなく、大輔殿だったのではないか」

と、竜晴は尋ねた。泰山は竜晴に目を向け、

「そういうことはありのままに訊かないものだ。その癖、直した方がいいぞ」

と、苦笑混じりに言う。

「それに、心配していたのは大輔殿だけではない」

さらに続けて、泰山は言い、じっと竜晴を見つめた。

「もしや……」

と言いかけ、竜晴ははっと口をつぐむ。

「ああ。……ありのままに訊いてはいけないのだな」

心に刻み付けるような調子で言う竜晴に、泰山は優しく笑いかけた。

「心配してもらうには及ばぬ、などとお前は言うのだろうがな。そういうのを、憎まれ口を叩くと言うのだ」

と告げ、泰山は竜晴から目をそらした。どこかで拾ったらしい木の棒で草むらを突《つつ》いている大輔を見やりつつ、

「ま、心に何を思おうと、それは人の勝手だろう」

独り言のように呟く泰山に、「……そうだな」と竜晴は呟き返した。

それから、「どの草か分からなかった」と恥ずかしそうに笑う大輔と共に、泰山は帰っていった。

二

竜晴が法螺抜けの穴を調べにいったのに合わせ、空から四谷を目指した小烏丸は、泰山たちが立ち去るなり、「竜晴ー」と慌ただしく庭に舞い下りてきた。そして、

「あの上空にいた鷹はアサマの気配で間違いなかったぞ」

と、報告した。だが、竜晴の忠告に従い、深追いはしなかったので、アサマがどこへ飛んでいったかは分からないという。

この日はもう暮れかけていたため、

「大僧正さまに知らせるのは明日でよいだろう」

と、竜晴は言い、付喪神たちと家の中へ引き上げた。

そして、翌日の朝のこと。竜晴は人型の付喪神たちと共に寛永寺へ出かける支度を調えたものの、

「アサマのことをどこまで大僧正さまに伝えるべきか」

と、思案げに呟いた。それを耳にした小烏丸は、

「あの大僧正には黙っていた方がいいと、我は思うぞ」

と、自らの考えを口にする。

「お前が大僧正さまを怖がる気持ちは分からないでもないが、大僧正さまに伝えることで伊勢貞衡殿のことがもっとはっきり分かるかもしれない。そうすれば、お前の行方知れずの本体の手がかりもつかめるかもしれないのだ。それでも、お前は大僧正さまにアサマのことは伝えない方がいいと思うのか」

竜晴が小烏丸に問うた。

「本体は早く見つけてほしいし、あの伊勢という侍のことも我は気になる。だが、そのためには、伊勢という侍に当たった方が手っ取り早いだろう。我はあの侍にはもう一度会いたいと思うぞ」

小烏丸の物言いに、竜晴は首をかしげた。

「お前は大僧正さまのことは信用できないと言いながら、伊勢殿のことはずいぶん信頼しているのだな。まともに対面したのは、ただ一度きりだというのに」

「そう言われると、確かにそうなのだが……」

　小烏丸はこれ以上どう言えばいいか分からないという様子で口をつぐんだ。

「抜丸はどう思う」

　竜晴は小烏丸の傍らに、ちょこんと座っている人型の抜丸に訊く。

「私は、大僧正にも伊勢というお侍にも、用心した方がよいと思います。まったく信用できないとは言いません。二人とも利の一致するところでは竜晴さまのお味方になるでしょう。ですが、考えを異とする時が来たら、どう豹変《ひょうへん》するか分からないというのが、正直な気持ちです」

「抜丸は慎重だな」

　よくも悪くも慎重だという意味で言ったのだが、小烏丸は抜丸が褒められたと思ったらしく、あからさまに不機嫌そうになる。抜丸の方は竜晴の意図を正しく察したらしく、慎ましくしていた。

「まあ、しかし、大僧正さまに対して用心しろという意見は同じだ。ひとまず、アサマのことは伏せておくこととし、まずは伊勢殿の出方を見るとしようか」

竜晴はそう結論し、付喪神たちも納得したので、それではいよいよ出かけようという話になった。その時、

「竜晴」

小烏丸がいつになく険しい声を発した。竜晴と抜丸も異変に気づき、すでに身構えている。

小烏丸は誰よりも先に立ち上がると、縁側へ駆け出していった。空を見上げている。竜晴がその後ろに立つと、

「あいつだ」

と、小烏丸の口から緊張気味の声が漏れた。

小烏神社を目指して飛んでくるのは、一羽の鷹であった。

「無論、言葉は操れるのだろうな」

まっすぐ縁側に舞い下りてきた鷹に、まず竜晴は尋ねた。

「操れる」

言葉短く鷹――アサマは答えた。ふつうの者には鷹の鳴き声に聞こえるそれが、竜晴にははっきり言葉として聞こえた。

「それがしは主《あるじ》よりアサマと名付けられし鷹。ただし、この姿は付喪神としての命を得てのものであり、もとは無銘の弓矢である」

「なるほど」

と、竜晴は応じた。

「今日は小烏神社の宮司殿に願いの筋があって参った」

アサマは堂々とした物言いで告げた。

「了解した。敵意なきものと見なし、我が社へ招き入れよう。ただし、わずかでも怪しいところがあれば、我がもとにいる付喪神たちが黙ってはいない。そちらには見えているのであろう」

竜晴が尋ねると、アサマは無言の了解を示した。

それで、竜晴は居間の中へとアサマを招き入れた。アサマは二本の脚で歩いて中へ入ってきた。

小烏丸と抜丸がアサマに警戒心を剝《む》き出しにした顔つきで、その後に続く。

「さて、願いの筋とやらを聞こうか」

竜晴が促すと、アサマはうなずくような格好で首を動かした。

「それがし、源平の合戦の頃に使われた弓矢にて、長い時を過ごしてきた。その間には持ち主も変わり続けたが、それはよい。ただ今の持ち主は伊勢貞衡さまであり、それがしは貞衡さまを大切な我が主と思っている」

竜晴は軽くうなずき、さらに先を促した。

「しかし、その貞衡さまが危うい目に遭われた。一度目は上野の山で、どこのものとも知れぬ鷹に襲われた時。幸い、そこなるカラス殿によって救われたことには、主に成り代わって礼を申したい」

「おぬしの主殿からは、すでに礼を言われたがな」

アサマの丁重な感謝の言葉に対し、小烏丸はすげない返事をした。アサマは腹を立てることもなく、再び竜晴に目を向けると、

「そして、二度目は芝に現れた邪悪な大蛇《おろち》に襲われかけた時」

と、話を続けた。

「正しくは、邪悪な大蛇でなく、大蛇の格好をした邪悪な物の怪、と言うべきでし

ようがね」

　今度は抜丸が割って入る。

「二度目については、我々皆がその場にいた。より正しく言うならば、あれが伊勢殿を狙っての攻撃であったとは認めがたい。むしろ、伊勢殿が自ら危うきに近付いたと言うべきであろう」

　竜晴が続けて言うと、「ふむ」とアサマはうなずいた。

「小烏神社の宮司殿の言葉はまったくもって正しい。だが、我が主は陰陽師でも験《げん》者《じゃ》でもないゆえ、そこは大目に見てもらいたい」

「つまり、伊勢殿は力を持たぬお人である、と――？」

「さよう。我が主はそれがしの言葉もまるで解さぬ」

「それは確かなことなのだな」

「確かだ」

　自信を持ってアサマは告げた。

「解さぬふりをしているということは？」

　続けざまに竜晴が問いかけると、アサマは一瞬沈黙した。

「それは……ずっと、そういうふりをし続けてきたということか？」

自らに問いかけるように呟いた後、アサマは考え込んだようであったが、ややあってから「いやいや」と言い出した。

「仮にそうだったとすれば、それがしの力では見破ることはできぬ。人の心の中を読むことはできぬのでな。主に対して言葉も発した。しかし、それがしは多くの時を我が主と共に過ごしてきた。主に対して言葉も発した。だが、一度として、言葉が通じ合ったことはない。解さぬふりをし続けてきた、ということは、少し考えにくい」

「では、あの時のことはどう考えている？　芝でおぬしは弓矢に姿を変え、伊勢殿を救おうとした。伊勢殿はその弓矢を使い、異形のものに立ち向かっていったのだ。大僧正さまはそれをしっかり御覧になっていた」

「あの時はそれがしも無我夢中だった。主がそれがしを使ったことは確かだ。しかし、主はその時のことを覚えていなかった」

「大僧正さまもそうおっしゃっていた。では、伊勢殿はどう考えても不思議な状況で、唐突に現れた弓矢を使いこなすことはできるが、その後、記憶を失くしてしまったということなのだな」

「それがしはそう考えている」

アサマはしっかりした物言いに戻って告げた。竜晴はそんなアサマの様子をじっと見入っていたが、

「おぬしが嘘を言っていないとは思う。だが、私は伊勢殿のことをまだよく知らぬゆえ、その言葉を鵜呑みにすることはできない」

と、静かな声で告げた。

「うむ。宮司殿がどうお考えになろうと、それを改めさせたいという考えはそれがしにもない。それがしの望みはただ、我が主を守ることのみ」

「なるほど。近頃、伊勢殿の身に危ういことが続くので、警戒しているというわけだな。して、何が望みだ」

「差し当たっては、上野で我が主を狙った鷹と鷹匠の正体を暴き出したい。あれは、明らかに我が主を狙ったものであった」

「そのために私の力を使いたいというわけだな」

竜晴が言うと、抜丸が目を剝いた。

「鷹ごときが竜晴さまのお力を使う、だと?」

蛇と鷹とは相性がよくない。それは付喪神でも同じようであった。

「いや、それほどあさましいことは申しておらぬ」

アサマは敵意丸出しの抜丸に、食ってかかるようなことはせず、辛抱強いところを見せた。

「どうか力を貸していただきたいと、辞を低くしてお願いいたそうと参った次第」

その申し分のない態度に対しては、難癖のつけようもなく、抜丸は不服そうな表情ながら黙り込んだ。

竜晴が「ふうむ」とうなずき、すぐの返事を躊躇《ためら》っていると、

「少し待て、竜晴」

と、小烏丸が言い出した。

「その前に、一つ答えてもらおう。昨日、四谷の千日谷にいたのはおぬしであろうが。あれは、何のためだ」

「取り立てて言うほどのこともない。我が主が大僧正殿より法螺抜けの話をお聞きになった。調べてほしいと言われたわけではなかったが、律儀な我が主のことだ。場合によっては自ら足を運ぼうとお思いになるかもしれぬ。しかし、危うきところ

へ行かせるわけにもいかぬと、ひそかに見に参った」

その返事も申し分のないもので、小烏丸も黙り込む。竜晴は改めて口を開いた。

「ところで、おぬしはここの二柱と違い、常に鷹の姿で暮らしていると見える。そうなれば、おぬしの姿が見えなくなれば、屋敷の皆が騒ぎ出すだろう。少なくとも、鷹匠の三郎兵衛《さぶろべえ》は仕事柄、おぬしの不在に気づかぬはずがない。それはどうしているのか」

「ふむ。もっともな問いかけだ。しかし、それがしは日に一度は必ず空へ放たれる。好きに飛び回ってきていいということだ。それがしは信頼されているのでな。少々長い間、自在に飛び回っていても、許してもらえるのだ」

「その時を利用して、昨日は四谷へ飛び、今日はここへ来たというわけか」

竜晴は納得してうなずいた。

「おぬしの言葉に疑わしきはないと思う。また、伊勢殿を襲った鷹は我が社の付喪神の敵でもあり、おぬしに頼まれずとも、正体を暴かねばならぬところ。この件を拒む理由はもはやない。ただし、手を結ぶに当たっては相身互《あいみたが》いがよいだろう。つまり、私の頼みごとについても、おぬしに聞き入れてもらいたいということだ」

「その申し出はもっともだ。それがしにできることで、我が主の害にならぬことであればかまわないが」

アサマは慎重な返事をした。伊勢貞衡の利害をその条件に持ち出すのは、抜丸並みに慎重な証《あかし》である。

「無論、伊勢殿に害を及ぼすようなことは頼まぬ。が、それについては今ではなく、しかるべき時が来たら明かすことにしよう。それでよければ、おぬしの頼みごと、今ここで引き受けることといたす」

「ありがたい。心より感謝する」

アサマは堂々と述べた。丁重な物言いをすることができ、どんなに下手《したて》に出てもそれが卑屈に見えることはない。

なかなか立派な付喪神だと、竜晴は思った。さすがは古い名門の家に伝えられてきた弓矢の付喪神である。

「それでは、これにて。また、折を見てお邪魔いたす」

アサマはそう告げて、舞い下りた縁側から飛び立っていった。

竜晴の傍らで、小烏丸と抜丸も空を見上げている。その表情は決して親しみのこもったものではなかったが、少なくとも鋭い警戒心はどちらの顔からも消え失《う》せていた。

三

アサマを見送ってから、竜晴は付喪神たちを連れて、予定通り、寛永寺へ向かった。この日もよく晴れて、外を歩けば息苦しいほどに蒸し暑かったのだが、竜晴も付喪神たちもそんなことはまるでこたえていない様子である。

やがて、門を抜けて庫裏へ向かうと、取り次ぎの小僧が一昨日と同じように現れた。しかし、

「ただ今、お客さまがお見えですので、少しお待ちいただけますでしょうか」

と、この日は申し訳なさそうな表情で言われた。それで、しばらく待っていると、再び小僧が戻ってきて、

「賀茂さまであればお招きしてよいとのことですので、ご案内いたします」

と、今度は明るい表情で言う。

「もしや、お客人とは旗本の伊勢殿でいらっしゃるか」

竜晴が先に訊くと、「どうしてお分かりになりましたか」と小僧は驚きの表情を浮かべた。

「お客人の席へ招いてよいとおっしゃるのであれば、私の知り合いとなる。大僧正さまと私が共に知る人といって、思い当たるお方は伊勢殿お一人ゆえ」

と、竜晴が言うと、「驚きました」と小僧は目を丸くした。

「さように驚くことでもあるまい」

「あ、いえ、驚いたのは賀茂さまのお言葉というより、先ほど大僧正さまのおっしゃったことと思い合わせてのことでございまして」

と、小僧は廊下を歩きながら説明する。

「賀茂さまのご来訪をお伝えしましたら、大僧正さまがこうおっしゃったのです。賀茂さまはお客さまが誰かとお尋ねになるのではなく、その方を言い当てられるだろう、と。ものを見通すお力をお持ちなのですかとお尋ねしましたら、それはご本人にお聞きになればよいとおっしゃって」

「なるほど。大僧正さまのお言葉通りになったから、驚いたというわけだな」

ものを見通す力というなら大僧正さまの方がお持ちなのだろうと、竜晴が言葉を返したところで、天海のいる座敷へ到着した。

「おお、賀茂殿。よう参られた」

天海が声を張り、貞衡が「その節はお助けいただき」と芝での一件について改めて礼を述べた。竜晴が貞衡と顔を合わせるのはその時以来のことである。

貞衡の目の動きをしっかり注意して見ても、その眼差しは竜晴だけに注がれており、後ろに当たり前のように続いてきた小烏丸と抜丸へ向けられる気配はない。

「一日置いただけで、お見えになったのは、はや四谷の法螺抜けについてお知らせくださることがおありということだろうか」

天海がさっそく竜晴に尋ね、「その通りです」と竜晴は応じた。

「おお、賀茂殿は早くも当地へ行かれたのか」

貞衡が驚きの声を放つ。

「それがしも見に行こうと思うていたところだが」

「それならば、伊勢殿がお行きになるほどのことはございませぬ。私が見てまいりましたところ、特に怪しげなところはございませんでした。今日は念のためにお知らせを、と伺った次第でございます」

竜晴は続けて、洞穴の大きさや土壁の堅さなどを述べた後、

「少なくとも、裏鬼門の芝で遭遇したような気配はまったくございません。今はその兆《きざ》しすらないと思っていてよろしいでしょう」

と、告げた。

「それをお聞きして、まずは安堵いたしました」

と、天海は息を吐いた。

「鬼門や裏鬼門に当たらぬ場所ゆえ、大事無いと思うてはいたものの、やはり聞かぬふりはできず……。して、まことに法螺抜けはあったと思われるか。その穴が大法螺貝の抜けた跡だとすれば、信じがたいほど巨大な法螺貝がいたということになるが……」

「私の考えでは法螺抜けはあったと存じますが、大法螺貝そのものを見たわけでも、それが龍に転じた姿を見たわけでもないゆえ、言い切ることはできませぬ。ただし、大法螺貝が人に害を為したという話も聞きませぬし、さほど案ずるには及ばないでしょう」

ただし当地に何かあった場合はすぐに察することができるよう手を打ってきたと、竜晴は続けた。その方法については明かさなかったが、天海もそこには触れず、

「賀茂殿がそうおっしゃってくださるのなら、まずは安心できる」

と、言った。だが、不意にそれまで和やかだった表情を引き締めると、

「万一にも事あらば、その時は決して一人で赴くことなく、拙僧にもお知らせくだされ。芝でのこともあるゆえ、事に臨んではできるだけ共に当たるようにしたい」

と、真剣な口ぶりで続けた。すると、竜晴が「かしこまりました」と言い終えるのも待てぬ勢いで、

「それならば、それがしもぜひ」

と、貞衡が言う。

「お二方に比べ、あまりに非力ではございますが、武芸では多少なりとお役に立てましょう。芝では、共に事に当たったご縁ではありませぬか。それがしを除《の》け者にはしないでいただきたい」

貞衡の熱心な言い分に対し、「無論のこと、必要とあらば伊勢殿にもおすがりいたしますとも」と天海が答えた。

「ところで、伊勢殿」

竜晴は貞衡に目を向けて切り出した。

「上野で襲ってきた鷹の件でございますが、その後、鷹を操っていた鷹匠のことなど、何も分かっていないのでしょうか」

「はあ、それについては一向に」

貞衡は難しい表情になると、首を横に振った。

「というのも、手がかりがまったくないゆえ、探しようもないという事態に陥っておる次第」

「なるほど、無理もないことですが」

竜晴は大いに納得した様子でうなずいた。それから、「ところで、これは伊勢殿を案じるがゆえ、念のためのお尋ねなのですが」と断った後、

「伊勢殿が飼っておられるアサマという鷹のことでございます」

と、切り出した。

「はい。小烏神社へもお連れしましたが、あの時は粗相をいたしまして」

と、貞衡は恐縮する。アサマが小烏丸と鉢合わせした途端、鋭く鳴いたことを言

っているのだ。

とはいえ、自慢の鷹を話題にできることが嬉しいのか、「アサマのことなら何でも聞いてください」と貞衡は弾む声で言った。

「あの鷹は生まれた時から、伊勢殿が飼ってこられたのですか」

付喪神である以上、そんなはずはなかったが、それを確かめるためにも、竜晴はまずそう尋ねた。

「いえ、アサマは人から譲られた鷹なのです」

と、貞衡は律儀な様子で答えた。

「どなたから、とお尋ねしても差し支えございませんか」

「それが……」

貞衡は急に歯切れの悪い物言いになった。

「いえ、答えを渋るわけではないのですが、はっきりしたことはそれがしも分からぬのです」

と、貞衡は断った後、くわしい事情を語り出した。

「それがしにアサマを託したのは、伊勢国で修行したことがきっかけで、我が家に出入りするようになった修験者です。ただ、その者もアサマの飼い主というわけではなく、とある武将から預かった鷹だと聞きました」

その修験者は、自分は鷹を飼えないので引き取ってくれないか、と貞衡に持ちかけてきたそうだ。鷹匠の指示に従うよう訓練されており、鷹狩りに連れていくことも可能だ。しつけも行き届いているので、問題ないはずだ、と。

ただし、元の飼い主の名は明かせない、ときっぱり言われたという。

「その時のやり取りから、もしや大坂方に味方して滅んだ武家ではないかと、それがしは思いました」

と、貞衡はあいまいに述べた。

豊臣家に味方して滅んだ家は大小含めたくさんあっただろう。そこで飼われていた鷹が修験者を仲介に、貞衡のもとに連れられてきた、ということになっているようだ。

「それがしは当時、老いた鷹を飼っておりましたが、アサマを三郎兵衛に見せたところ、妙に馬が合うようでございました。何より三郎兵衛がアサマを世話したいと申しましたので、引き取ることにしたのです。その後、もともと飼っていた鷹が死にまして、我が家の鷹はアサマだけとなりました」

　貞衡の話はそれで終わった。

　アサマの正体を知らぬ貞衡が、そうやって手に入れたアサマのことを、本物の鷹と疑っていないのは無理もない。アサマはそうやって貞衡に飼われる鷹となりおおせ、常にその姿で貞衡を守ることになったのだろう。

「その修験者は伊勢殿が信頼する者でございますね」

　なお念を入れて竜晴が尋ねると、貞衡は大きくうなずき返した。

「修験者ゆえ、あちこち修行に出てはおりますが、時折思い出したように訪ねてくる者です。日を決めて、お引き合わせする約束はできかねますが、決して怪しい者ではありません」

「ならばよいのです。念のためのお尋ねですから」

　竜晴はそれで話を切り上げた。

　修験者のことは、付喪神のアサマに訊けば分かるだろう。無論、この話を持ちかけた時に、貞衡の話と辻褄の合わない点があれば、貞衡のこともアサマのことも疑ってかからなければならない。それを判断するための問いかけでもあった。

だが、この話がすべて本当ならば、その修験者とは竜晴や天海のように常ならぬ力を操り、付喪神の正体を見極められる者なのだろう。修験者として修行を重ねた者ならば、十分に考えられることである。

竜晴はそのことを頭に留め、貞衡より先に天海のもとを辞した。小烏丸は貞衡に名残惜《なごり》しそうな眼差しを向けていたが、相手が自分の姿を見てくれないのであれば、どうしようもない。

部屋の戸が閉まるまで、貞衡の方を見つめていた小烏丸に、竜晴は庫裏を出て、人のいないところまで来てから言った。

「あまり焦るな。慎重さも大切なことだ」

「……あ、ああ。我は別に焦ってなどいないぞ」

小烏丸は余計な心配をかけたと思ったのか、意地を張って言う。

「アサマの願いを聞き容れた見返りに、こちらからもアサマに願いを言える。ここぞという時に使える駒だ」

竜晴の言葉に、小烏丸はぱあっと表情を明るくした。

「竜晴は我のために、その駒を使ってくれるのか」

竜晴はその言葉を受け止め、何も言わずに歩き出した。

「さすがは竜晴だ。我のありがたみを分かってくれているのだな」

上機嫌ではしゃぐ小烏丸に、「調子に乗るな」と抜丸が鋭く言う。

「お前が慎重さに欠けているのは、そういうところだ」

抜丸は身もふたもない言葉を吐いた。

五章　法螺吹き

一

　大輔が竜晴と一緒に四谷の法螺抜けの穴へ行ってから十日ばかりが経った。ようやく大輔も一悟がいなくなったことに慣れ、花枝と一緒に小鳥神社へ出かけていく元の暮らしに落ち着いたその頃――。

　何と、十兵衛と一悟の父子は大和屋へ舞い戻ってきたのであった。

「旅籠屋の旦那さんには、ご迷惑をおかけしやした」

　と、十兵衛は朔右衛門の前に頭を下げた。

「十兵衛さん、あんた、いったい……」

　朔右衛門は神妙な態度の十兵衛を前に、目を白黒させるばかりである。

「あっしが急にいなくなったんで、お疑いになられたでしょう。金をせしめた途端、宿代も踏み倒してずらかりやがったと。あ、いやいや、旦那さんがそうお思いになるのはごもっとも。それが分かっているのなら、どうしてちゃんと言い置いていかなかったかと、さらにお怒りでもございやしょう。けれど、あっしの方にもよんどころない事情がございやして、この度はそれをお話ししようと戻ってまいりました。お詫びする筋はしっかりとお詫びし、払うべき金はきっちりお支払いしなけりゃいけません」

十兵衛は、痛い痛いと苦しがっていた頃が嘘のように溌溂《はつらつ》としていた。朔右衛門に口を挟ませぬ勢いで、立て続けにしゃべる。

「お父つぁんは嘘は吐いてません！」

十兵衛の傍らでは、一悟が声を張り上げ、頭を下げた。

「お父つぁんは大和屋さんを出た後も、ずうっと気にしていたんです。大和屋さんにはご迷惑をかけちまった、どうやってお詫びすりゃいいだろうって」

「馬鹿野郎、お前が余計なことを言うんじゃない」

けなげに父親を庇う一悟のことを、十兵衛は厳しい声で叱りつけた。

「だって……」

と、一悟がべそをかく。

「まあまあ」

朔右衛門が割って入った。

「ここでは何ですから、私どもの住まいの方へ来てもらって、ゆっくり話を聞きましょう。一悟さん、あんたが急にいなくなったもんだから、うちの倅もずいぶん沈み込んじまってたんですよ」

「大ちゃんが……」

一悟は今にも泣き出しそうに顔をゆがめた。

「まあ、とにかく一悟さんの顔をうちの倅にも見せてやってください。その上で、かまわないのであれば、倅も一緒に話を聞かせてもらえますか」

朔右衛門の申し出に、「そりゃあもう」と十兵衛はすぐに承知した。

「坊ちゃんが一緒に聞いてくださるなら、こいつも喜ぶでしょう。ぜひそうしておくんなさい」

というので、朔右衛門は十兵衛と一悟の父子を伴い、自分たちの住まいの方へやって来た。

初めに出くわしたのは花枝であった。

「十兵衛さんに一悟ちゃん……」

花枝は二人の名を口にするなり絶句した。

「お嬢さん、この度はご親切をいただいたのに、とんだご迷惑を――」

十兵衛が頭を下げ、一悟もそれに倣《なら》う。

「とにかくね。十兵衛さんがその事情をお話しになるというから、こちらへお連れしたんだ。大輔にも聞かせてやりたい。お二人もそう望んでおられるからね」

大輔を呼んでくるよう花枝に告げると、花枝は自分も同席させてもらえないかと言い出した。もちろんかまわないと十兵衛が言うので、それなら二人とも同席させようと話がまとまる。

そして、朔右衛門たちが先に入って待つ客間へ、ややあってから、花枝と大輔が現れた。

「一悟！」

花枝から聞いてはいたものの、大輔は大きく目を見開いて、一悟の姿を見据えた。

「……大ちゃん」

一悟もまた大輔の名を呼んだが、目を合わせているのがつらいという様子で、すぐにうつむいてしまう。

大輔はわけが分からず混乱していた。十兵衛のことは大輔も疑っていたが、一悟のことはまだ信じていたかった。十兵衛の騙《かた》りを知っていたとしても、それを言えない事情があったのだろう、と。仮に二度と一悟に会えないのだとしても、自分は信じていてやろう。もしかしたら、数か月、あるいは何年か経って、また一悟がこの宿へ泊まることがあるかもしれない。その時にはきっと本当のことを話してくれるはずだ、と。

だが、こんなに早く再会できるとは、思ってもみなかった。

本来ならここへ顔を出せないはずの十兵衛が、あっさり舞い戻ってきたのはなぜなのだろう。宿代を踏み倒しておきながら、許してもらえると思っているのか。恥ずかしいという気持ちがないのか。

「この度のことについて、十兵衛さんが話したいことがあるそうだ。お前たちも一緒に聞きなさい」

という朔右衛門の言葉に従い、花枝と大輔は父の傍らに座った。すると、改まった様子で、十兵衛がその場に深々と頭を下げた。

「まずは、大恩ある大和屋さんにご迷惑をおかけしましたこと、深くお詫び申し上げます。宿のお代も支払わず、飛び出しましたのには深い事情がありまして……」

十兵衛の物言いはどことなく大袈裟に聞こえる。まるで十分練習してきた口上を、ここぞとばかり披露しているような趣《おもむき》であった。その傍らでは、十兵衛と同じように、一悟が額を床につけんばかりに頭を下げている。

「まあ、詫びの言葉は受け取ったから、ひとまず顔を上げてください。それよりも、私たちが聞きたいのは、おたくが勝手に宿を出ていった理由の方ですよ」

朔右衛門が言うと、十兵衛はひょいと顔だけを上げ、「ごもっともです」と神妙に受けた。それから、勿体《もったい》ぶった様子で身を起こす。なかなか本題に入らない十兵衛に焦《じ》れた様子で、

「ところで、十兵衛さん、初めに聞いておくが、お加減の方はもういいのかね？」

と、朔右衛門が問うた。

「へえ、それはもう。ちゃんとお医者さまにも診てもらいましたんで。すっかり元

通りになりやした。そこの事情をこれからお話ししようと思ってました次第で」

「そうかね。だったら、さっさと話しとくれ」

朔右衛門がややぞんざいな口ぶりで言うと、十兵衛は恐縮したように首をすくめ、口を開いた。

「実は、腕のいい知り合いの医者が四谷におりましてね。ここで倒れた時にも、ああ、あの先生に診てもらえたらってひそかに思ってたんですよ。けど、その先生、腕はいいんですが金にうるさい人でしてね。金を払える相手だと確かめてからでなきゃ、診てくれねえんですよ。で、端からあきらめてたわけですが、こちらの皆さまの奇特なお志で金もできた。となりゃあ、あの先生に診てもらいてえって気にもなります。何とか四谷まで行けねえものかと算段してた矢先、ここに泊まってたお客さんの一人が部屋へ見舞いに来てくれましてね。その折、四谷のお医者のことを話したんです」

その客とは、あの晩、最初に金を出してやろうと言い出した五十がらみの行商人であった。十兵衛を気遣って部屋へ足を運び、医者を探す相談にも乗ってくれたという。そこで十兵衛が四谷の医者の話をすると、何と、その行商人も件の医者を知っていた。そして、十兵衛に教えてくれたという。「あの医者なら、西国の方の大名家から藩医になってくれという招きを受け、間もなく江戸を発《た》つはずだよ」と。

「あっしは慌てました。あの先生に診てもらうには、一刻も無駄にはできねえって。それで、やむにやまれず、こちらを飛び出したってわけでして」

「それにしたってね。夜明け前に出ていくのはおかしいでしょうが。第一、そういう事情なら書き置きを残していくとか、私どもに事情を伝えていくのが筋ってもんじゃありませんか」

朔右衛門が厳しい口調で、十兵衛のいい加減さを咎めた。

「それがお恥ずかしながら、あっしは字がまともに書けねえんで」

十兵衛は頭に手をやり、苦笑しながら身を縮めたが、すぐに気を取り直して話を続けた。

「夜明け前に出てったのは、駕籠屋が開いたらすぐ乗せてもらおうと思ったからでさあ。けど、あっしはあの行商のお方に、その旨、お伝えしていきましたぜ。あの方、確か弥七《やしち》さんといいましたが、あっしのこと、話してませんでしたか」

十兵衛の言葉に、朔右衛門は妙な顔つきになり、少し考え込んでいたが、やがて首を横に振った。

「あのお方のことは覚えていますが、そんな話は聞いていませんよ。確か、おたくが宿から消えた翌日、あの方もお発ちになりましたがね」

「あれ、聞いてないとはおかしいですなあ。あっしはちゃんとあの方に言づてをお願いしたんだが……」

十兵衛は首をかしげながら、一悟の方を向き、「そうだよな」と念を押した。

「お父つぁん、ちゃんと弥七さんにそう言ったよなあ」

「うん。お父つぁんはちゃんとあの人に頼んでたよ」

一悟がしっかりとした物言いで、十兵衛の言葉の後押しをする。「でも」と、一悟は少し難しい表情になって言葉を続けた。

「あの時のお父つぁんはまだ具合がよくなかったから、お父つぁんのしゃべってることが聞き取れなかったのかもしれないね」

「そうかあ。確かに、お父つぁんもあの時は苦しくて、言ってることがめちゃくちゃだったかもしれねえなあ」

と、十兵衛は独り言のように言う。

「そういうことなら、弥七さんが言づて役を果たさなかった、あるいは十兵衛さんの言葉がちゃんと弥七さんに通じていなかったってことになるんでしょうな」

朔右衛門が自分を納得させるように言い、大きく息を吐き出した。それから、

「それで、結局、四谷のお医者さまにはちゃんとかかることができたんですかね」

と、改めて十兵衛に問うた。

「へえ、そうなんでさあ」

と、十兵衛は晴れやかな顔になって答えた。

「やっぱり弥七さんの言ってた通り、その先生は三日後には江戸を引き払うってことでした。何とか間に合って、診てもらうことができましたんで、御覧の通り、元気になれました」

「それは幸いでした。おたくのために金を出してくださったお客さまたちも報われるでしょう。しかしですね、私も商いをしている身だ。人助けのために宿を開いているわけじゃない。宿代を払わなくていいと申し上げた覚えはありませんよ」

ここは譲れないという強い口ぶりで、朔右衛門が言う。すると、十兵衛はたちまち背筋を伸ばし、「そりゃあもう」と大きくうなずいた。

「あっしだって、宿代を踏み倒そうなんて思っちゃいません。いや、あっしのしたことはそう思われても仕方のないことだったと思いますが、けどね、ちゃんとお支払いしようと思えばこそ、こうして戻ってきたんです。本気で踏み倒しちまおうと思ってるなら、このままとんずらしちまいまさあ」

十兵衛は少しも悪びれた様子を見せず、その物言いは陽気にさえ聞こえた。その態度を見ているうち、

(一悟のお父つぁんはもしかして、ぜんぜん悪くなかったのか)

大輔はそんな気持ちになってきた。

朔右衛門や花枝も、初めこそ十兵衛に厳しい眼差しを向けていたが、今では困惑した表情を浮かべている。

(お父つぁんや姉ちゃんも、一悟のお父つぁんは悪くないと思い始めたのかもしれない。これで、ちゃんと宿代を払ってくれたら、完全に誤解だったってことになる。そしたら、俺と一悟だって――)

また元通りに仲良くなれると、大輔は期待に胸を膨らませた。

「そういうことなら、前の宿代を支払ってもらいましょうか。ただ今、帳場に出向

いて、きちんと額を確かめてまいりますから」

朔右衛門はそう言い置き、立ち上がろうとする。その時、「ちょっと待っておくんなせえ」と、急に十兵衛が慌てた様子で朔右衛門を止めた。

「何ですか。たった今、おたくが言ったんですよ。ちゃんと支払いを済ませるために、ここへ戻ってきたってね」

和らぎかけていた朔右衛門の表情が再び厳しいものとなった。

「まだ話は終わっちゃいません。旦那さんたちのお蔭で、あっしはよいお医者の先生に診てもらい、こうして治りはしましたが、金はしこたま取られちまいましたんでね。もう手持ちがないんですよ」

（ええっ、何だって）

大輔は体中の力が抜けていく気がした。信頼を回復させる話をさんざんしてきて、結局、金は払えないという結末はないだろう。踏み倒して逃げるか、踏み倒して開き直るか、それが違うだけだ。

大輔がこんなに気落ちしているというのに、十兵衛はけろりとしている。一悟はどうなのか、と見れば、大輔と目が合うなり、きまり悪そうに下を向いてしまった。

こちらは申し訳ないという気持ちを持っているらしい。

「あのね、十兵衛さん。子供じゃあるまいし、金がないから払えませんじゃ済みませんよ。医者にかかる金がないと言うおたくを気の毒に思いはしたが、それとこれとは話が別だ。こうなったら、しかるべきところへ出てもらうことにしましょう」

朔右衛門が再び厳しい口調になって言う。うつむいたままの一悟がはっと顔を起こし、全身を強張らせたのを、大輔は見ていた。思わず、「お父つぁん、それだけは勘弁してあげてくれ」と言い出しそうになった時、

「お待ちくだせえ」

と、落ち着き払った様子で、十兵衛が言い出した。

「あっしもそれじゃあ話が通らないことは百も承知。それでもこちらへ戻ってきたのは、金で払えねえなら、せめて父子二人、働いてお返ししようと思ったからでごぜえやす」

「何、働いて――？」

朔右衛門が虚を衝《つ》かれたように呟いた。

「大和屋の旦那さん、お願いします」

　と、その時、一悟が再び両手をついて頭を下げた。

「俺、何でもします。お父つぁんと二人、こちらでお世話になった分は、しっかり働いてお返ししますから」

「お頼み申します」

　と、こちらは余裕ぶった態度ではあったが、十兵衛も頭を下げた。

　朔右衛門はすぐに返事をせず、困惑した様子で黙り込んでいる。

「お父つぁん、俺からも頼むよ」

　気づいた時には、大輔はそう言っていた。

「働いて返すって言ってるのに、奉行所に連れてくわけにはいかないだろ。働いてもらえばいいじゃないか。宿代の分だけきっちりとさ」

　朔右衛門は腕を組み、しばらくの間、むっつりと黙り込んでいた。沈黙が耐えきれなくなって、

「頼むよ、お父つぁん」

　と、大輔が一悟たちに倣って頭を下げた時、

「なら、そうしてもらいましょう」

と、朔右衛門が重々しい声で告げた。

二

十兵衛と一悟の父子は、その後、住み込みの奉公人たちと同じ部屋で寝泊まりすることになった。ただし、父子で働くといっても、長い間のことでなし、仕事を一から教え込むのも効率が悪い。というので、一悟は客が多い時だけ手伝いに入る、ということになった。

「だったら、一悟を小鳥神社に連れていってもいいかな」

と、大輔は父と姉に訊いた。

とにかく、今度のことでは竜晴に迷惑をかけたし、世話にもなった。だから、ちゃんと一悟が戻ってきたことや、十兵衛が働いて宿代を返すことになったと伝えたい。それに、前に会った時には、一悟が竜晴のことを怖いと言っていたが、それが誤解であることも分かってほしい。

そんな大輔の気持ちは皆に通じ、一悟は少々躊躇いがちにではあったが、小鳥神社へ行くことを承知した。

そこで、十兵衛父子が戻ってから三日目、大輔と一悟と花枝は連れ立って神社へ赴いた。この日は以前のように玄関からではなく、庭の方から、居間にいる竜晴に声をかける。

「竜晴さまあ」

大輔が声を張り上げると、竜晴は縁側に姿を見せた。

「宮司さま、ごきげんよう。お邪魔ではございませんか」

花枝が明るい声で、少しはにかみながら挨拶する。

「いいえ、そんなことはありません。花枝殿と大輔殿が社を気遣ってくださるのはありがたいことです」

竜晴は穏やかな調子で言葉を返した。それから、並んで立つ大輔と一悟に目を向け、

「一悟殿が戻ってよかったな、大輔殿」

と、声をかけた。

「あの、前の時はちゃんとご挨拶もしないですみません」

一悟が慌てて頭を下げると、

「ああ。会うのは二度目だが、大輔殿から話はよく聞いていた」

と、竜晴は穏やかな声で告げた。

「一悟ってば、竜晴さまのこと、怖いって言ってたんだぜ。なあ、今はぜんぜん怖くないだろ」

本人を前にあっけらかんと言う大輔に、「大ちゃん、何で言うのさ」と一悟が怒って、小声で文句を言う。

「いいじゃん」

と、大輔は悪びれずに言った。

「本当のことは、隠さずに言っちゃった方がいいんだよ。それで気を悪くされたって、もう隠しごとはないんだから、それ以上仲が悪くなることもないだろ。そこから、仲良くなっていけばいいんだ」

逆に、どんな仲良しでも隠しごとがあれば、それがばれた時に仲が壊れるかもしれない。それより、ぜんぶ明かしてしまった方がずっといいと、大輔は言った。

「今度のことでは、大輔もずいぶん悩んだものね。一悟ちゃんは何かを隠していたんじゃないか、自分に嘘を吐いていたんじゃないかって」

花枝が横から口を挟んでくる。

「姉ちゃん、余計なことを言うんじゃねえよ」

大輔は慌てて花枝の口を閉じさせようとしたが、

「あら、本当のことは隠さずに言っちゃった方がいいんでしょ」

と、花枝からやり込められてしまった。むうっとむくれていたら、

「大ちゃん、ごめんね。俺、大事なこと言わないで、いなくなっちゃったりしてさ」

と、一悟が申し訳なさそうに謝ってきた。

「もういいよ。どうしようもなかったって、ちゃんと一悟のお父つぁんが話してくれたしさ」

大輔は照れ隠しのように、早口で言い、

「それより、ここの庭では泰山先生が薬草を育ててるんだぜ。勝手に生えてる草の中にも、薬になるものがあるんだ」

と、話を強引に変えた。

「ねえ、竜晴さま。一悟にここの薬草を見せてやってもいいかな」

「ああ、勝手に抜いたりしなければ別にかまわない」

と、竜晴の許しも無事に出たので、「行こう」と大輔は一悟を誘った。

「そういや、お前がいなくなってすぐ、四谷の法螺抜けの穴を見に行った話をしただろ。あの時、蚊に刺されちゃったんだけど、そしたら、泰山先生が蛇含草を煎じてくれたんだ」

大輔は先に薬草畑ではなく、正面左手の端の方へ向かった。そこには蛇含草が生えていて、前は見分けられなかったが、今は泰山から見分け方を教わっている。

「蛇含草の葉は同じ場所に五枚まとまってつくんだ。手を広げてるみたいに見えるから、それで分かるんだぜ」

泰山から教えてもらったことを、大輔がいささか得意げに吹聴していたら、

「あっ、大ちゃん！」

一悟が突然、大きな声を上げた。

「な、なんだよ」

「あそこに、蛇がいるよ」

雑草が群れて生えている一か所を、一悟が指さしていた。大輔が目を凝らすと、白くて細いものが身をくねらせながら、草むらの奥の方へするすると這っていくのが見えた。

「おっ、本当だ。蛇は草を食べないって泰山先生が言ってたけど、やっぱり蛇含草が好きなのかな」

大輔が駆け寄っていこうとすると、

「大ちゃん、蛇をかまっちゃだめだよ」

と、一悟から手首をつかまれた。

「特に、今の蛇は白かったから、この神社の守り神かもしれないよ」

一悟は神妙な顔で言う。

「この神社の守り神は、カラスのはずだけどな」

大輔は首をひねったが、一悟の顔が真剣だったので、それ以上は口をつぐんだ。

「俺、蛇含草と蛇のこわーい話を聞いたことがあるんだ」

と、不意に一悟が言い出した。

「何だよ、急に」

「旅先で人から聞いた話だけど、大ちゃん、聞きたい？」

一悟はあえて問うてくる。怖い話と言われて、聞かないなどと言うことは大輔の誇りが許さなかった。

「お、おう。もちろん聞きたいよ」

実は少し怯《ひる》む気持ちはあったが、真っ昼間の庭先での話である。すぐ後ろの縁側には、竜晴と花枝も座っている。話を聞いたからといって、目の前に物の怪が出てくるわけもなし、恐れることなどない。

(これは、怖いのを隠してるわけじゃないからな。俺は本当に話を聞きたいんだ)

自分自身に言い聞かせ、大輔はその場で一悟の話を聞くことになった。

「あるところに住んでたご隠居さんの家に、長屋暮らしの男が訪ねてきたんだ」

という ところから、一悟の話は始まった。

男はご隠居の家の軒先に、見慣れぬ草が吊《つ》り下げられているのを見つけた。

「こりゃ、いったい、何なんです」

「それは、蛇含草という草でね。不思議な謂《いわ》れがあるんだよ」

「へえ、どんな謂れがあるんで」

　と、男に訊かれるまま、ご隠居は草の由来を語り出した。

　山奥に住むうわばみは旅人や猟師を食らうそうだが、ある時、その現場を見てしまった者がいた。ところが、そのうわばみ、人を丸呑みしたため腹が膨れてしまい、苦しみ出したという。

　しばらく見ていたら、うわばみは苦しみながらも、山に生えていたある草を舐《な》め始めた。すると、膨らんでいた腹がすっと萎《しぼ》んでいき、うわばみは何事もなかったように去っていったという。それを見ていた者が持ち帰った草が、今、軒先に吊り下げられているものであった。

「ははあ、腹のこなれを助ける薬草でしたか」

　長屋の男は納得した。

「面白い話ですねえ。人にも話して聞かせたいから、ほんの少し分けてもらえませんか」

　ご隠居が承知したので、男は軒先の草を数本取ってしまい込んだ。

　その後、ややあって、ご隠居が火鉢で餅を焼き始めた。長屋の男は餅が大好き。

見ているうちにこらえきれなくなって、ご隠居が「お食べ」と勧めてくれる前から手を出し、餅を食べ始めた。あまりに図々しい態度だというので、ご隠居の方も腹を立てる。

「礼儀知らずにもほどがある。お前さんが礼儀正しくしていれば、この餅をぜんぶあげたってかまわないと思っていたが、そんな態度じゃしようもないね」

「そうおっしゃるなら、ぜんぶ食べましょうか」

と、長屋の男は言い出した。

反省の色もないその態度に、ご隠居はさらに腹を立てる。この時、ご隠居のもとにはもらい物の餅が有り余るほどあった。とうてい一人で一気に食べられるような量ではない。

「ほほう。この餅をぜんぶ食べると言うのかね」

ご隠居も意地悪を言いたくなった。長屋の男は大好きな餅が食べられるまたとない好機に逸り立つ。

「へえ。ぜんぶ平らげてみせましょう」

「そんなら、食べてみせなさい。ただし、一つでも残したら承知しないよ」

と言うので、長屋の男はそこにある餅をぜんぶ平らげなければならなくなった。

男は餅を次々に焼いていく。一つ、二つ……五つ、十個と調子よく食べ続けていたが、そのうちさすがに腹が膨れてきた。それでも、食べ続けなければならない。意地もあって、男は苦しくなってもひたすら食べ続けた。

やがて、さすがに倒れそうになり、火鉢の上にほんのわずかの餅を残しながら、男はついに降参する。苦しみながら這うようにして、取りあえず長屋へ帰り、横になるが、やっぱり苦しい。その時、男はご隠居さんの家で分けてもらった蛇含草のことを思い出した。

あれは、腹のこなれを助ける薬草だった。

男はさっそくその草を舐め始めた。

――ちょうどその頃、ご隠居もさすがに意地を張りすぎたと我が身を省《かえり》みていた。男の体も気にかかる。そこで、様子を見るために、長屋を訪ねていった。

「おうい、大事無いかね」

そう言って、男の長屋の戸を開けると――。

中には、餅が着物を着て座っていたという。

「えっ！」

大輔は我も忘れて頓狂な声を上げた。

「それって、蛇含草が男の人を溶かしちゃったってことか？」

「うん、そう」

一悟は笑ってみせた。

「蛇含草の話、怖いでしょ」

「あ、ああ。確かに怖かった」

大輔は素直に認めた。

「でも面白かった。一悟は旅先で、こういう面白い話にいっぱい出会うんだな。いいよなあ」

「大ちゃんだって、旅籠屋の倅なんだから、お客さんからいろんな面白い話を聞けるでしょ」

「うん、まあな。お客さんの中には、大法螺を吹いてくれる人もいるし」

そうだ——と、大輔はよいことを思いついた。

「今の話、うちに泊まってるお客さんたちに話してやってくれよ。囲炉裏端で寛いでる時なんかに面白い話が聞けると、お客さんたち、喜ぶからさ」

「それじゃあ、もし手持ち無沙汰にしているお客さんがいらっしゃったら、お話ししてみるね」

一悟は素直に大輔の言葉にうなずいた。

それから二人は改めて草むらに座り込んで、蛇含草を見つけ、お互いに舐められるかと冗談を言い合ったが、もちろんそんなことはしない。その後、泰山が育てている薬草畑を見て回ったが、先ほど見かけた白い蛇はもう見当たらなかった。

ややあってから、竜晴と花枝のところへ戻り、大輔が蛇含草の話を聞いたと昂奮気味に報告した。大輔と一悟で交互に話を聞かせると、花枝は「面白いわね」と目を見開いたが、竜晴は顔色一つ変えなかった。

「何だよ、竜晴さま。この話、知ってたのか」

大輔が口を尖らせると、「ああ、細かいところはともかく、大筋が同じ話を聞いたことがあった」と言う。

皆で和やかに歓談した後、三人は小烏神社を辞した。

帰り道、蛇含草の話を旅籠の客たちに披露する案を話すと、花枝も乗り気になった。

「でも、お客さまによっては、静かに寛ぎたい方もいらっしゃるから、お話しする前にご意向を確かめるようにね」

と、花枝は一悟にそう注意を与えた。

三

その晩、花枝と大輔は旅籠の方には出入りしなかったのだが、一悟は膳の上げ下げなどの簡単な仕事を手伝うため、旅籠に詰めていた。そして、夕餉《ゆうげ》を食べ終えて寛いでいた数人のお客たちに、蛇含草の話をしてみたという。

翌日、そのことを大輔に告げた一悟は、「お客さんたち、大笑いしてくれたんだよ」と笑顔を見せた。

「そうか。あの話は面白いもんな」

大輔も一悟の笑顔が見られて嬉しい。竜晴のように、以前から話を知っている者もいなかったそうだ。

「ねえ、大ちゃん」

この時、一悟は不意に生真面目そうな表情になった。

「大ちゃんはあの話を聞いた時、ほんのちょっとでも本当の話かなって思った？」

「え？」

大輔は虚を衝かれたが、すぐに「まさか」と笑った。

「あんなの、大法螺だろ。人を溶かしちゃう草なんて、あるわけないじゃないか。山奥に生えてて摘むこともできないっていうならともかく、竜晴さまんとこの庭に生えてるんだぜ。泰山先生なんか、その草を煎じて虫刺されの痕に塗ってくれたんだぜ」

そんなにも身近な草が人を溶かすなど、どう考えたって大法螺である。

なぜ一悟がそんなことをわざわざ尋ねるのか、そちらの方が大輔には謎であった。

「確かにあれは大法螺だよ。お客さんたちもそう思ったって言ってた」

「そりゃそうだ。あの話を信じる人はいないだろ」

と、大輔は何の気なしに呟いた。すると、

「どうしてかな」

一悟は小さく呟き、首をかしげた。

「どうして大法螺は誰も信じないのに、小さな嘘は皆信じるんだろ」

「えっ」

と、大輔は思わず訊き返した。一悟ははっと我に返ると、「何でもないよ」と笑った。大輔に聞かせるつもりのない独り言だったのだろう。だが、訊き返しはしたものの、大輔にはしっかり聞こえていた。

小さな嘘とは何のことか。誰もが信じてしまう小さな嘘を、一悟は吐いているというのだろうか。

一度萎れかけた疑いの芽が、再び勢いを盛り返したことを、大輔ははっきりと自覚していた。

自分の胸の中だけに収め、黙っていることは、大輔にはできなかった。

誰に話すべきかは、少し迷った。もし一悟が――そして十兵衛が嘘を吐いているのであれば、最も害をこうむるのは父の朔右衛門だろう。だが、いきなり父に話すのはさすがに躊躇われた。自分の言葉によって人が疑われ、大ごとになってしまうのは恐ろしい。

悩んだ末に、大輔が相談したのは花枝であった。

大輔は一悟とのやり取りを、その日のうちに、花枝にできるだけくわしく語った。

「どうしたらいいんだろ、姉ちゃん」

大輔はいつになく、姉にすがるような目を向けた。

「このこと、お父つぁんに伝えた方がいいかな」

花枝は黙って大輔の顔をじっと見つめてきた。大輔がきまり悪さを覚え始めた頃、

「あんたは伝えた方がいいと思っている。けれど、自分で言うのは気が咎めるから、私に伝えたんでしょ」

と、花枝は言葉を返した。

「それは……」

「お父つぁんには、私から伝えておくから心配しないでいいわ。それに、お父つぁんは十兵衛さんの言葉をすっかり信じているわけでもないの。半分信じて、半分疑っているってところじゃないかしら」

十兵衛は旅籠で働くようになってから、とてもよくやっているという。要領もよく、仕事を覚えるのも早い。

とはいえ、それで疑惑が消えたわけではない。あのまま金を持ち逃げし、宿代を踏み倒すこともできたのに、明らかに疑われている場所へ戻ってきたのはなぜか。たとえば、うまいこと立ち回って大和屋の奉公人に収まろう、などと企んだ恐れもある。あるいは、その先にもっと悪辣《あくらつ》な企みを隠しているかもしれない。

「お父つぁんはそういうことをちゃんと用心しているから、そんなに心配しなくていいわ」

と、花枝はいつもより優しい声で告げた。

「でもね、大輔」

と、花枝は続けて真面目な表情になる。

「あんたはどうなの。さっきの話によれば、一悟ちゃん自身が『小さな嘘』を吐いていると、私は思うけれど……」

花枝からまっすぐ問われ、大輔もごまかすことはせずにうなずいた。

「俺はさ、前に一悟が急にいなくなっちゃった時は、疑いたくないと思ったんだ。

本当は心の中じゃ疑っていたのかもしれないけど、そういう気持ちは持っちゃいけないんだって、自分に言い聞かせていたと思う」

ぽつぽつと語り出した大輔の言葉を、花枝は黙って聞いてくれている。

「でも、今は違うんだ。一悟のことを嘘吐きなんじゃないかと疑っている。そう思いたくないのに、疑う気持ちをもう止められない。自分でもどうしたらいいか分からないんだ。俺、どうしたらいいんだろう、姉ちゃん」

大輔は再びすがるような目で花枝を見つめた。

花枝はそんな大輔をしっかりと見つめ返し、ゆっくりと語り出す。

「宮司さまがおっしゃっていたでしょう。信じ続けたいのなら信じ続ければいいって。間違っていたら、その時に改めればいいって」

「そうだけど……。俺、今じゃ、一悟のこと、信じたいのか信じたくないのか、よく分からないんだよ」

「それでも、自分で決めなければならないことよ」

花枝の声に厳しさが加わった。

「どんなことでも、あんたが自分の心に従って、自分で決めていいし、決めなければばならないの。だって、他人から何を言われたって、自分が納得しない限り従えないでしょう？　前の時のあんたがそうだったじゃない？　宮司さまはそのことを分かっておられたのよ」

「……………」

「だから、あんたが一悟ちゃんのことを疑ってしまったのなら、その気持ちをなかったことにはもうできない。でも、まだ決まったわけじゃないでしょ。あんたが確かめたいなら、本人に訊くなり、他の方法を探すなりして、突き止めればいいわ。確かめる勇気がないなら、あいまいなままにしておくのね」

「でも、それじゃあ……」

何も解決しない。うやむやにして一悟と今まで通り、顔を合わせたり、話をしたりするのは、とうてい無理だった。

「だったら、自分でしっかり確かめなさい。一悟ちゃんが嘘吐きだと分かって付き合いを断つのも、一悟ちゃんに心を入れ替えてくれるよう力を尽くすのも、あんた次第なのよ」

そう言うと、花枝は口を閉ざした。が、大輔は言葉を返すことができなかった。

ただ、花枝の言うことは理解できる。突き放されたような寂しさはあるが、姉を冷たい人だとは思わなかった。

自分は前に竜晴のことを誤解した。もう同じ過ちはくり返したくない。正しいことを言ってくれる人を、自分の手で遠ざけたくなかった。

「俺……」

どうすればいいのか分からぬまま、大輔の口は動き出していた。

「もう少し時はかかりそうだけど、ちゃんと考えてみる」

「そうね」

と、花枝はうなずいた。

「決めるのに時がかかったっていいわ。そうするうちに、事態がよくなるかもしれないし、悪くなるかもしれないけれど、その時はそれを受け止めればいいの。でもね、大輔」

と、花枝はいつになく改まった様子で、大輔の名を呼んだ。

「あんたがどう答えを出したって、私も宮司さまもあんたを見放したりしない。たぶん泰山先生もね」

そう言って微笑む花枝のことを、姉ちゃんってこんなに頼もしかったっけと思いながら、大輔は見つめていた。それに、姉の顔が見たこともないほど優しく見えたことに、自分でも驚いていた。

六章　嘘の皮

一

　時折、旅籠の手伝いをする花枝が、「この宿のお嬢さんだね」とある客から声をかけられたのは、十兵衛が大和屋で働き出して五日目のことであった。

「はい。何でございましょう」

と、応じた花枝に、折り入って伝えたい話があると、その客は言った。四十がらみの男で、下総《しもうさ》から商いで来ている客であった。

　これまでにも大和屋へ泊まったことがあり、花枝も顔を見知っている。それで、その客の部屋へ行き、話を聞くことになった。

「おたく、新しい奉公人を入れたのかい？」

　客は尋ねた。

「十兵衛さんのことでしょうか。奉公人というわけではないのですが、わけあって、今はうちで働いてもらっています」

と、花枝は内心緊張しながら答えた。

「十兵衛、ね。確かに、前もそう名乗っていたようだよ。名前を変えてないのは詐欺師としちゃあ悪手だね」

客は独り言のように言ったが、もちろん花枝にはよく聞こえていた。

「詐欺師とおっしゃいましたか。それは十兵衛さんのことでしょうか」

花枝が顔を強張らせて訊き返すと、客は真面目な顔つきで気の毒そうにうなずいた。

「ああ。初め顔を見てあれっと思ったが、十兵衛と呼ばれているのを小耳に挟んで、間違いないと思った。あの男、子供を連れてないかね?」

「はい。一悟という息子さんと一緒です」

一悟は時折、宿の仕事を手伝うこともあると、花枝は告げた。

「じゃあ、確かだよ。『騙《かた》り集《たか》りの父子《ちちこ》草《ぐさ》』だね」

客は断言した。花枝は目を瞠った。

「騙り集りの父子草……？」

「ああ、詐欺師としての通り名みたいなもんだな」

「そんな……」

花枝は暗澹《あんたん》とした心持ちで呟いていた。この通り名からすれば、人を騙しているのは十兵衛一人ではなく、一悟も父親を手伝っていることになる。大輔が知ったら、何と思うだろうか。弟の気持ちを考えると、花枝はつらくなった。

「詐欺師と聞けば、父子を装っていると思うかもしれないが、こいつらは本物の父子らしい。子供がいるから、善人はころっと騙される。また、その子供ってのが素直ないい子に成りすますのが巧みでね」

方法はいろいろだが、たいていは哀れな父子を装い、親切な人に集って金を騙し取る、という手口らしい。

客の男は、地元下総の宿場で、父子に騙された宿の主人から話を聞いたそうだ。そこでは、病にかかった息子を医者に診せる金がないと嘆いてみせたらしい。話を聞いた客たちが十兵衛父子を哀れみ、皆が少しずつ金を出して十兵衛に渡した。ところが、後になって、息子を診せると言っていた医者は実在しないことが分かったそうだ。さらに、別の客から「騙り集りの父子草」の話を聞き、騙されたのを確信したという。

「おたくの宿も気をつけた方がいいね」

と、客は言った。宿ごと騙されるかもしれないし、宿の客が餌食《えじき》にされることだってある。そうなったら、あの男を働かせていた大和屋さんが責められることにもなりかねない。

「そうなる前に、早いとこ、父子草を追い出した方がいいよ」

と、その客は忠告した。

「あの、実は……」

花枝は思い切って、十兵衛と一悟が前に宿からいなくなった時の経緯を話した。

客は黙って聞いていたが、途中から苦い表情になると、

「そりゃあ、騙りだろう」

と、最後に言った。

「そんな日に遭って、まだ十兵衛を信じているとしたら、大和屋の旦那はよほど人がいいんだね」

「その、父もまったく疑っていないわけではなかったのですが、宿代を取るには他に策もなく……」

「そこに付け込まれたんだよ」

客は断ずるように言った。

「前に十兵衛が倒れた時、金を出した奇特な客がいたんだよね。宿に泊まり合わせただけの他人に、そこまでしてやろうという人はめったにいない。たぶん、最初に金を出すと言い出した男が十兵衛の仲間だったんだよ」

「えっ」

そこまで考えていなかった花枝はさすがに驚いた。初めに言い出した男は十兵衛と同じ行商人で、それだけに十兵衛を哀れみ、金を出したという話だったが……。

「ずっと一緒にやっている仲間かどうかは分からないよ。たまたま目を付け、力を借りただけかもしれない。ああいう連中は同じことやっている仲間を嗅ぎ分けるからね。よろしく頼むとちょっと金を握らせたんじゃないかな」

そういえば、大輔が言っていなかったか。最初に金を出した五十路ほどの行商人だけは、もともと一悟と顔見知りだったようだ、と。

たかしら)

（確か、その人は一悟ちゃんに「何よりだったね」とか、声をかけたのではなかっ

それが、医者にかかる金ができたことを言うのではなく、「騙りがうまくいって何よりだったね」ということならば——。

あの行商人は十兵衛たちと一緒に姿を消したわけでも、宿代を踏み倒したわけでもなかった。そういうことをしていたら、すぐに十兵衛の仲間だと気づけたろうが、相手はそこまで見通していたのだ。十兵衛たちが去った後、何食わぬ顔で宿代を支払い、大和屋を去っていった。

「人の親切心に付け込むだけじゃない。他の人が金を出すと言っているのに、自分だけ出さないわけにいかなくなる心の動きをよく読んでるんだ。まったくうまいことやりやがるよ」

客の男は妙に感心した様子で呟いたが、花枝は感心しているどころではない。

「十兵衛さんがお金を騙し取っていたとしたら、どうしてまたうちへ戻ってきたんでしょう。お金を取る目的はもう果たしているというのに……」

花枝が思案げに呟くと、

「こんなこと言ったら、気を悪くするかもしれないが、味をしめたんだと思うよ」

と、客の男は気の毒そうに言い出した。

「味をしめた……？」

「大和屋さんでは甘い汁が吸えるってね、十兵衛に思わせちまったんだ。旅籠なんて、生まれも育ちもまったくばらばらの連中がたまたま泊まるとこに見えるだろうけど、実は少し違うんだよ」

「違うとは……どういうことでしょうか」

旅籠屋の娘でありながら、答えの分からぬ自分を少々恥ずかしく思いながら、花枝は訊き返した。

「初めは、どの客だってたまたま目についた宿に泊まる。けど、二度目、三度目の客は、自分にとって居心地がいいから、その宿を選んでいるんだ。どんな宿を定宿にするかってところには、その人の好みが出るってことだよ。つまり、この宿に泊まる客たちは騙すのにちょろい連中だと、十兵衛は思ったんだね」

「そんな……」

その手の悪人がこの世にいると想像することはできても、自分の身近にいるなどと、花枝は思ったこともなかった。

「それには大和屋の旦那のお人柄が関わっている。もちろん褒めているんだよ。さっきの話じゃ、旦那も十兵衛のために金を出した上、客たちの金を集めてわざわざ十兵衛に届けたんだろ。そういうところが、十兵衛みたいな野郎の目には、付け入りやすいと見えるんだね」

花枝は父親のことを、この客が言うほどお人好しで甘いとは思っていなかった。が、こうして他人の口から聞くと、そうかもしれないと思えてくる。

「手を打つなら早い方がいいよ」

十兵衛父子を追い出すか、役人に来てもらうか。確かに、騙り集りの父子草を大和屋に置いておくのは危険であった。

「お話ししてくださり、ありがとうございました」

花枝は客の前に頭を下げた。

「すぐにこの話を父に聞かせます」

逸り立つ思いで告げる花枝に、「ああ、急ぎなさい」と客は応じた。

花枝はその足で旅籠の帳場と台所へ向かったが、父も十兵衛もいない。手代《てだい》の一人に尋ねると、朔右衛門は奥の部屋で宿帳の検めをしているという。花枝はすぐにそちらへ向かうこととし、その手代には「十兵衛さんにお父つぁんが呼んでいると伝えてちょうだい」と告げた。

「急ぎなら、手分けして捜させましょうか」

気を利かせて言う手代に、仕事に障りのない範囲でそうしてほしいと頼んだ。

「へえ」と勢いよく返事をして行きかけた手代を「あ、それから」と、慌てて花枝は呼び止める。

「誰か手の空いている人を、家の方へ行かせて、大輔に伝えてほしいの。今晩、お父つぁんと私が家へ戻るまでの間、一悟ちゃんと一緒にいなさいって」

「分かりました」

手代が急ぎ足で去っていくのを見送ってから、花枝は父のもとへと向かった。

「お父つぁん、大変よ」

部屋に入るなり、緊迫した声で言う花枝に、

「何だね、騒々しい」

と、帳面から目を上げた朔右衛門は眉をひそめた。が、花枝のただならぬ表情を

見るなり、少し顔色を変えた。

「何があったのかね」

「今、お客さまからお聞きしたのだけれど……」

十兵衛がここへ来るまでの間に、父におおよそのことを話してしまわなければならない。花枝は大急ぎで、先ほど聞いた十兵衛と一悟父子の話を語り始めた。

二

早口で語り継ぐ花枝の話を、朔右衛門は無言で聞いていた。娘の早口はいつも直すように注意していたが、この時は咎めなかった。初めての人には聞き取りにくいほどの早口だが、父親の自分はさすがに慣れている。

話の内容は驚くべきものではあったが、まったく思いも寄らぬことというわけでもない。十兵衛が初めに姿を消した時に騙されたと思ったのは確かだし、それが再びのこのこ現れた時には、どの面下げて、と思ったものだ。

働かせてくれと言い出したのは意外だったが、それなら様子を見てやろうという気持ちになった。無論、用心はした。帳簿や宿帳の類はさらに厳重に目を配り、間違っても十兵衛の目には触れさせぬようにした。

厳しい仕事でもあえてやらせたし、正直なところ、騙りで金を得ているような男なら、音を上げるのではないかと思っていたが、予想以上に十兵衛はよく働いた。化けの皮が剝がれるのではないかと思っていたところ、そんな働きぶりを見せたので、朔右衛門はよく分からなくなっていた。

もしかしたら、十兵衛はすべて正直に話していて、本気で宿代の分だけは働いて返そうと思っているのかもしれない。そんな相手のことを、自分は必要以上に疑ってしまったのではないか、と。

人を疑うことに一抹のきまり悪さを覚え、自省の念に駆られかけていたところへ、この「騙り集りの父子草」である。

(ああ、やはりろくでもない男だったのか)

と、朔右衛門は落胆しながら思った。

「十兵衛さんにはお父つぁんが呼んでいるから、すぐ来るようにと伝えてもらったけれど、かまわないわよね」

花枝が少し落ち着きを取り戻して尋ねてくるのに対し、「うむ。それでいい」と朔右衛門は答えた。

「それから、大輔には、一悟ちゃんと一緒にいるようにって言づけたわ。お父つぁんと私が戻るまで一緒にいなさいって」

「それはいい判断だ」

朔右衛門は娘をいささか見直していた。落ち着きが足りず、まだまだだと感じていたが、思っていた以上に気が回り、賢いところもある。まだ決めるには早すぎるが、大輔が期待通りの成長を見せなければ余所《よそ》へ婿に出し、花枝にしっかり者の婿を取って、旅籠屋を継がせてもいい。

これから始まる大騒動からほんの少し目をそらし、朔右衛門がそんなことを考えていた時、

「お父つぁん、十兵衛さんのこと、どうするの」

と、花枝が少し声を落として尋ねてきた。戸口の方を気にしているのは、十兵衛がすぐに来るかもしれないからだろう。

「まずは、十兵衛さんの話を聞くところからだが、このままにはできないだろう。

お客さまから疑いをかけられるような者を使うわけにはいかないからね」

十兵衛の慎重な言葉に、花枝は神妙な顔つきでうなずいた。

「旦那さん、おいでですか」

と、その時、部屋の外から声がかかった。

だが、待ち兼ねていた十兵衛の声ではない。

「入りなさい」

と、朔右衛門が声をかけると、戸が開けられた。

「あ、お嬢さんもいらっしゃったのならちょうどよかったです。先ほどの十兵衛さんへのお言づての件なんですが」

入ってきた手代は花枝を見て、そう切り出した。

「その話なら花枝から聞いている。どうしたんだね」

朔右衛門が促すと、手代は少し困惑した表情を浮かべた。

「皆で手分けして捜したんですが、どこにも見当たらないんです」

「えっ、十兵衛さんがいないの？」

虚を衝かれた様子で、花枝が呟く。

「へえ。ほんの四半刻《とき》（約三十分）前に姿を見たって言う者もいたんですが、今はどこにも」

手代はそう答えて、首を横に振る。

「一悟ちゃんはどうしているの。大輔にも言づてを頼んだけれど、そちらはどう？」

「へえ。坊ちゃんにはあっしが出向いてお知らせしました。そん時も二人一緒でしたんで、旦那さんとお嬢さんがお帰りになるまでそのままご一緒にって、ちゃんと伝えてまいりました。坊ちゃんも分かったとお答えになりましたし、一悟もうなずいてましたんで、今も一緒にいるでしょう」

と、手代は丁寧に答えた。

「出向いたお前が言うのだから間違いないだろうね。その時、一悟の近くに十兵衛さんはいなかったんだね」

朔右衛門が確かめると、「へえ」と手代は答える。

「念のため、奉公人たちの寝泊まりする離れの方にも参りました。十兵衛さんと一悟もそっちで寝泊まりしてますんで」

「そっちにも、十兵衛さんはいなかったのか」

「へえ。ちょうど休憩中の者がいたんで訊きましたが、十兵衛さんの姿は見ていないということでした」

手代の返事に落ち度はまったくない。前の時と同様、十兵衛は姿をくらましたという見込みが高いだろう。以前と違うのは、十兵衛がまだ目的の金をせしめていないことと、一悟がここに残っているということだ。

だが、そのどちらも、念には念を入れて確かめねばならない。

「よく分かった。お前はもういつもの仕事に戻ってかまわない」

朔右衛門は手代を引き取らせると、蒼い顔をした花枝に、

「お前はすぐに家の方へ戻り、大輔と一悟のそばにいなさい。一悟からは決して目を離さないように」

と、おもむろに告げた。

「分かったわ」

花枝は緊張した様子でうなずく。

「私は番頭のところへ行って、帳場の金が無事なことを確かめてから、追ってそち

らへ行く。よもや危ないことはないだろうが、くれぐれも気をつけなさい。大輔のことも頼むぞ」

朔右衛門が言うと、「分かってます」と花枝はしっかりとした声で応じた。

父と娘は互いにうなずき合い、部屋を出ると左右に分かれ、それぞれの場所へ向かった。


手代が花枝からの言づてを届けに来た時、大輔は一悟と一緒にいた。寝るにはまだ早い宵の頃、一悟に旅先での話を聞かせてもらっていたのである。

だが、実のところ、大輔は一悟の話の内容がほとんど頭に入っていなかった。

「大法螺は誰も信じないのに、小さな嘘は皆信じる」という一悟の呟きが、どうしても頭の中から消えていかない。その言葉の真意を聞かない限り、一悟と何の屈託もなく言葉を交わすのは無理なようであった。

「お嬢さんから坊ちゃんにお伝えしてほしいと言われました。旦那さんとお嬢さんがこちらへお戻りになるまで、坊ちゃんと一悟は一緒にいるように、とのことです」

わざわざ伝えてくるほどのことか、と一瞬妙に思いはしたが、さほど気になったわけでもない。二人一緒に聞かせたい話でもあるのだろう、それも今日のうちに。

「分かった。このままここでお父つぁんたちを待ってるよ。一悟もいいだろ」

大輔が問うと、一悟も素直に「いいよ」とうなずいた。

それだけ言うと、手代は行きかけたが、その間際に「こっちに十兵衛さんが来ていませんかね」とふと尋ねた。来ていないと答えると、それならいいですと言い、手代は去った。

自分たちを待たせている以上、父と姉はさほど遅くならない時刻に戻ってくるのだろう。二人が来てしまったら、一悟とはゆっくり話していられなくなる。

（一悟に、小さな噓が何なのか尋ねるなら、今しかない）

大輔は焦りを覚えた。

自分がどうするべきか、ゆっくり時をかけて考えようと思っていたが、それは予想以上につらかった。何食わぬ顔をして、内心を隠しながら人と相対《あいたい》するのは、何と難しいことなのだろう。心が少しずつ擦り切れていく気がする。

もしも十兵衛と一悟が噓を吐きつつ、何食わぬ顔で過ごしているとしたら、そのことへの怒りはさて置き、大したものだと大輔は思った。大人の十兵衛はともかく、大輔よりも幼い一悟がそんなことをしているなんて。

自分にはそんな暮らしはとても無理だ。たとえ父親から命じられたとしても。

「あのさ、一悟」

大輔は思い切って呼びかけた。「なあに、大ちゃん」と無邪気な声が返ってくる。

「俺、訊きたいことがあるんだけど、正直に答えてくれるか」

改まった表情で言う大輔に、一悟は少し首をかしげながら「もちろんだよ」と答えた。

「あのさ」

覚悟を決めてからも躊躇い続け、乾いた唇を舐めることをくり返してから、

「お前の言ってた小さな嘘って何のことだ」

と、大輔はようやく言った。できれば、目を閉じてしまいたいような気持ちに駆られたが、懸命にこらえ、一悟の顔から目をそらさなかった。心なしか、一悟の顔が色褪《いろあ》せたように感じられた。

やはり一悟は嘘を吐いており、そのせいで顔色を変えたのではないか。大輔がふ

とそう思った時であった。

「別に、何って言うほどのことじゃないよ」

一悟はいつものように明るく微笑みながら答えた。その表情に暗い翳《かげ》りはまったくうかがえない。大輔はたった今、自分が目にしたのは見間違いだったかと思ったほどであった。

「どういうことだよ」

「たとえば、ちょっと暗い顔をして怠《だる》いって言えば、熱があるんじゃないかって、皆が心配してくれたりするでしょ。人を溶かす蛇含草の大法螺は信じなくても、こっちは信じてくれる。そういう小さな嘘のことを言ったんだ」

「お前はそういう嘘を時々吐くのか？」

大輔は訊いた。自分でも思いがけないほど暗い声になっていた。

「うん、吐くよ」

一悟は悪びれずに答えた。

「誰でもそうでしょ。大ちゃんは嘘を吐いたことがないの？」

一悟からそう訊かれると、大輔はすぐ返事をすることが躊躇われた。これまで自分を嘘吐きだと思ったことはない。少なくとも、人を傷つけたり、人に迷惑をかけたりする嘘を吐いた記憶はなかった。

だが、今話題になっているのは、そこまでひどいものではない小さな嘘だ。そんな嘘を吐いたこともないなんておかしい――という目で、一悟は見つめてくる。

大輔自身、本当に些細《ささい》な嘘も吐いたことがないのかと訊かれると、絶対にないとまでは言い切れなかった。また、本当になかったとしても、今、一悟の前で言い切るのは躊躇われた。まるで自分が一悟よりずっと世間知らずで、餓鬼っぽくて、物事の道理を分かっていない、そう思えたからだ。一悟からそんなふうに見られるのは、とても心外な気がした。

「小さな嘘……ならな」

気づいた時、大輔は小さな嘘を吐いたことがあると認めてしまっていた。それが嘘なのかどうか、もはや自分でも分からない。

「けど、すぐに人にばれて、皆で笑い飛ばして終わるようなやつだ。そうじゃない嘘はやっぱりいけないだろ？」

大輔は必死に言葉を探し、懸命にしゃべり続けた。まるで自分の吐いた嘘を擁護しようとするかのように。嘘がばれそうになったのを必死で取り繕おうとするかのように。それは何と気分の悪いことなのだろう。腋《わき》から嫌な汗が噴き出して、大輔はいっそう不快な気分になった。

「大ちゃんってさ。大法螺は誰も信じないから許される。小さな嘘はばれても笑って済まされるから問題ない。たぶんそう思ってるんだよね」

一悟は妙に冷静な眼差しで大輔を見つめながら言った。その言葉に大輔は虚を衝かれた。

これまでの大輔の単純な頭の中では、嘘は許されない、それに尽きた。だが、あの蛇含草の話は許されないのかと訊かれれば、それは違うと自分も答えるだろう。大法螺は許されるのだ。

では、小さな嘘はどうなのか。たった今、自分も小さな嘘は吐いたことがあると言ってしまった。それを許されないと言うことは、自分で自分を許せないと言うことになる。

「……まあ、大体、そうなんじゃないかな」

大輔はあいまいに答えるしかなかった。自分からこの話を持ちかけたのは確かだが、話の流れは思いもかけない方へ向かい出した。どうして自分が問い詰められる羽目になってしまったのだろう。自分は一悟を問い詰める側ではなかったのか。何とかしてこの流れを変えなければ――。それができないのなら、もうこの話は終わりにしてほしい。しかし、

「だったらさ、許されない嘘って何なの」

一悟は容赦なく食いついてきた。

「大法螺でもなくて小さな嘘でもなくて、中くらいの嘘が許されないってこと？ そんなのおかしくないかな。どんな嘘だって、嘘は嘘でしょ。許されないならぜんぶ許されないし、許されるならぜんぶ許されたっていい」

「じゃあさ、お前は嘘はぜんぶ許されていいとか思ってるのか」

もしや一悟はそういう結論に話を持っていこうとしているのではないか。そう気づいて、大輔は恐るおそる尋ねてみた。だが、

「分かんないよ、そんなの！」

一悟はそれまで出したこともない大声で叫ぶように言う。大輔はあまりに吃驚してしまい、声を出すことができなくなった。

「どうして、年上の大ちゃんが俺に訊くんだよ。大ちゃんに分からないなら、俺に分かるわけないじゃないか！」

その声がまるで泣いているかのように聞こえたのは気のせいだったのだろうか。

「一悟、俺……」

お前をそんなふうに困らせるつもりじゃないんだ、お前を責めてるわけでもない――そう言いたいのに声が出てこない。一悟はうつむいてしまい、その表情は見えなかった。

大輔が一悟に何か言わねばと思いつつ、どんな言葉もかけられないでいたのは、どのくらいだったのだろう。

「一悟ちゃん、大輔。お待たせ」

花枝の穏やかな声が聞こえてきた時、大輔は救われたような心地になった。

三

花枝は、大輔と一悟の様子がおかしいことに気づいていたかもしれないが、面と向かって尋ねてくることはなかった。

また、花枝が入ってきた途端、一悟は顔を上げ、何ごともなかったように振る舞い出した。泣いた跡のないことをそっと確かめ、大輔はひそかにほっとした。

「姉ちゃん、話があったから、俺たちに一緒にいろって言ったんだろ」

大輔は花枝だけに目を向けて問うた。

「うん、そうなんだけど。ちょっとしたら、お父つぁんが来るはずだから、話はそれからね」

と、花枝は言う。それから、一悟に向かって「十兵衛さんがどこにいるか知らない？」と尋ねた。

一悟は不審げな表情を浮かべている。

「さっきも訊かれたけど、お父つぁん、旅籠の方にいないんですか」

「うーん、さっきから捜してもらっているんだけど、見当たらないらしいわ」

花枝はあまり深刻そうではない口ぶりで告げた。だが、それにもかかわらず、一悟の表情は変わった。

「お父つぁんが……」

「そんなに心配するほどのことではないわ。見つからないといっても、まだ少しの間のことだし」

花枝が一悟を慰めるように言った。

「でも、旅籠で仕事をしている時にどっかへ行くなんてこと……」

「何かよんどころない事情があったのかもしれないわ。今も捜してもらっているから心配しないで」

十兵衛の姿が見えなくなったという話に、大輔は妙に胸が騒いだ。一悟の不安そうな表情も無理はないと思う一方で、少し妙な感じも受ける。姿が見当たらないと花枝は言っただけなのに、まるで十兵衛がどこかへ行ってしまったかのように、心細そうな顔をしているではないか。

ふと花枝の顔を見ると、何とも複雑な表情をしている。

やはり何かあったんだと、大輔は察した。もしかしたら、十兵衛が何食わぬ顔で、この大和屋にいられなくなるような何かが――。

しかし、そうだとしても、十兵衛には一悟がいる。まさか一悟を置き去りにして、一人で逃げ出すことはあるまい。朔右衛門や花枝もそう考えたからこそ、大輔に一悟と一緒にいるようにと、わざわざ伝えさせたのだろう。

(でも、一悟がここにいるのに、一悟のお父つぁんがどっかへ行っちまったんだとしたら——)

それは、一悟が父親に捨てられたということになるのだろうか。一悟はそのことを何となく感じ取り、こんなにも不安そうな顔をしているのだろうか。

大輔はたまらない気持ちになった。一悟がもしも父親と心を合わせて嘘を吐いていたとしたら、内容によっては許せないと思うかもしれない。だが、そうだとしても、一悟を弟のように思う気持ちに変わりはないし、一悟から慕われたいとも思う。

(姉ちゃんは俺を見放さないと言ってくれた。だったら、俺も一悟のことを——)

大輔がそう思いながら、一悟に目を向けようとした時、

「待たせたね。入るよ」

という声がして、朔右衛門が部屋へ入ってきた。もしかしたら十兵衛と一緒かもしれないと思ったが、父は一人である。一悟の表情が沈み込むのが見えた。

「あの、お父つぁんはまだ見つからないんですか」

朔右衛門が座るのを待ちかねた様子で、一悟が尋ねた。

「ああ、皆に捜してもらっているが、今のところ見当たらない」

朔右衛門がおもむろに答え、一悟に目を据えたまま、

「お前さんに心当たりはないのかね」

と、続けて尋ねた。一悟は困惑した様子で頭を振る。

「十兵衛さんはもう元気になったと言っていたが、前の時のこともある。どこかで倒れて、苦しがっていやしないかと、私も心配だ。そこで訊きたいんだが、十兵衛さんの病とはどういうものだったのだろう。腹が痛いとは聞いていたが、ああもずっと腹痛が続き、医者にかかったらあっさり治った。そういう病のことを、生憎《あいにく》、私はよく知らないのでね」

「お、俺も……病のことはよくは……」

一悟は再び首を横に振った。

「ふむ。まあ、そうだろう。だが、十兵衛さんはこれまでも、ああやって時折、腹痛を起こすことがあったのかね」

「そ……それは、時々……」

一悟の返事はあいまいになる。明らかに困惑している様子だったが、朔右衛門は

さらに問いかけを続けた。

「その度に、その四谷にいるとかいう名医の先生に診てもらっていたのかね」

「……は、はい」

「しかし、十兵衛さんは行商人だ。江戸へは何度も来ているんだろうが、旅先で具合が悪くなることだってあっただろう。そういう時はどうしたのかね」

「そ、それは……その……」

一悟は口ごもっている。

「お父っぁん」

と、大輔は思わず割って入った。

「一悟はよく知らないんだよ。そりゃ仕方ないだろ。俺だって、お父っぁんがこれまでにどんな病にかかって、どんなお医者にかかったのかなんて、訊かれても答えられない。一悟に訊くより、十兵衛さんを見つけ出して、本人に訊いた方がいいんじゃないか」

「確かに十兵衛さんが見つかれば、その方が話も早い」

朔右衛門は大輔の言葉にうなずきつつも、一悟から目をそらさなかった。

「もう一度訊くが、十兵衛さんの居場所について心当たりはないのかね」

その物言いが罪人を厳しく問いただすような調子に聞こえ、大輔は再び口を挟みかけたのだが、この時は声が出せなかった。花枝に袖を引かれたからである。花枝から何も言うなと目くばせされ、大輔は心ならずも口をつぐんだ。

「俺、本当に何も分かりません……」

一悟がか細い声で答えた。

「そうか。別にお前さんを責めているわけじゃないから、そう脅えないでいい。だがね。ちょっと十兵衛さんのことで訊きたいこともあるから、もう少し話をさせてもらうよ」

朔右衛門は淡々と告げた。一悟は朔右衛門の顔を見つめ返すと、覚悟を決めたのか、こくんとうなずいた。

「実はね、今夜うちへお泊まりになったお客さまに、十兵衛さんのことを知っている方がいらっしゃった。その方から、不思議な話をいろいろと聞かされてね」

一悟は表情を変えなかった。そんな一悟の顔を探るようにじっと見つめていた朔右衛門は、十分な間を置いてから、

「騙り集りの父子草……」

と、不意に言った。

この時は、一悟の表情が明らかに変わった。それを見て、大輔は一悟から父へと目を移した。

「何だよ、それ。どういう意味なんだよ、お父つぁん」

そんなつもりはなかったのに、どういうわけか、父を問い詰めるような声になっていた。父がまるで一悟を責めているように思えたせいかもしれない。

「お客さまから直《じか》にお話を聞いたのは、私よ」

その時、花枝が口を開いた。

「十兵衛さんとその息子さん――一悟ちゃんの名前は出てこなかったけれど、その父子の通り名だって教えられたの。騙って人に集る父と息子、そう呼ばれている父子の旅人がいるんですって」

「それが、一悟のお父つぁんと一悟のことだって言うのか」

大輔は花枝に目を剝いた。

「そのお客さんは十兵衛さんを見て、お気づきになったそうよ。十兵衛という名前にも覚えがあるとおっしゃっていたし、父子連れというのも同じだったわ」

花枝はその「騙り集りの父子草」と呼ばれる父子が、十兵衛と一悟のことだと疑っていないようであった。大輔も同じように思う。実際、十兵衛は前に朔右衛門や旅籠の客たちに集って金をせしめた。それが「騙り」だったという証はないが、そんなものはなくとも、騙りに決まっている。

そう思うのに、なぜか大輔は父や姉の側に立つことができなかった。一悟を問いただして真実をしゃべらせるべきだと思うのに、一悟に問いかけるより、一悟を庇いたくなる。理由は自分でも分からなかった。

「もういいじゃないか。知らないって言う一悟を責めたってどうしようもないよ」

父や姉から叱られるかと思ったが、意外にも朔右衛門は「大輔の言う通りだ」とあっさりうなずいた。

「しかしね、お奉行所ではこんなのんびりした訊き方じゃないと思うよ」

続けられた朔右衛門の言葉に、大輔は仰天したが、一悟は大輔以上に驚いたようであった。

「俺、お奉行所に連れていかれるんですか」

「それはまだ分からない。しかし、もし十兵衛さんが姿を消したのなら、お前さんのことはしかるべきところへ届け出なくちゃならん。もし本当に十兵衛さんが『騙り集りの父子草』などと呼ばれる輩だったなら、お奉行所での取り調べだってあるかもしれん。そういうことを、お前さんには一応覚悟しておいてもらいたい」

一悟は脅えた眼差しを向ける一悟に、朔右衛門は淡泊な調子であっさり告げた。一悟は小さく息を呑んだが、それ以上何も言葉を返さなかった。

「とはいえ、まだ何も決まったわけじゃない。十兵衛さんが戻ってくるかもしれないし、私たちの疑いをきれいさっぱり晴らしてくれるかもしれない。むしろ、私はそう望んでいるんだよ」

朔右衛門の最後の言葉だけは心情がこもったものであった。それに触れた途端、心の堰《せき》が切れたかのように、

「俺……本当に何も……」

と、一悟は訴え、首を横に振りながらしゃくりあげた。

「お前さんのことは気の毒に思うよ。だけど、生憎、お前さんの言葉を裏付けるものが私たちにはないんだ。真実か偽りか、決め手がない。もちろん、『騙り集りの

父子草』について教えてくれたお客さまの言葉を、鵜呑みにしているわけでもない。だから、後のことはお上にお任せしようと思う。悪く思わないでおくれ」

朔右衛門は言い、一悟の肩に手を置いた。

「十兵衛さんがいないから、お前さんも一人で寝るのは寂しいだろう。今夜は母屋で大輔と一緒に寝ればいい」

お前もそれでいいね――と、父から言われ、大輔はぶんぶんと首を縦に動かした。

「取りあえず、いつもの部屋へ行って、必要なものを取ってきなさい。布団などはこっちにあるのを使えばいいから」

朔右衛門の言葉に、一悟は目を手の甲でこすりつつうなずいた。泣いても訴えても、もう誰も庇ってくれないことを察しているようであった。

大輔はその姿に胸が詰まった。それで、一悟が立ち上がったのに続き、「俺も一緒に行ってやるよ」と立ち上がろうとしたのだが、

「花枝が付いていってやりなさい」

という朔右衛門の声に阻まれた。

「じゃあ、姉ちゃんと一緒に俺も――」

と言ったが、「お前が行ったところで何の役にも立てまい」と朔右衛門は言う。

「こういうことは、女の花枝に任せておきなさい」

そう言われ、大輔はその場に残る羽目になった。

「じゃあ、一悟ちゃん。一緒に必要なものを取りに行きましょうか」

花枝が優しく声をかけると、一悟は「うん」と素直にうなずいた。確かに花枝に任せておけば大丈夫だろうと、大輔も心をなだめた。

花枝と一悟が行ってしまうと、

「お前たちの部屋の隣に、手代を二人ほど寝かせる」

と、いきなり朔右衛門が言った。

「どういうことだよ」

「夜中の間に、十兵衛さんが一悟を連れに戻ってくるかもしれん。その時は、すぐに隣の部屋の手代たちに知らせるんだ」

父の手回しのよさに、大輔は驚いた。確かに、十兵衛が一悟を迎えに戻ってくることは十分に考えられる。それに備えて、十兵衛を逃がさぬよう手を打ったのだ。

一悟を大輔と一緒に寝させるのも寂しくないようにとの配慮ではなく、十兵衛をつかまえるための策だったのだ。

「一悟のお父つぁんは、本当に騙りをしてたのか」

父に問いかけるとも独り言とも、どっちつかずの調子で、大輔は呟いたが、朔右衛門は律儀に言葉を返す。

「花枝に話をしたお客さまは前にもうちに泊まったことのあるお方でね。そのお言葉を疑う理由はない」

断固たる口ぶりであった。一悟相手には、どちらを信じるわけでもないと言っていたが、あれは一悟を追い詰めぬための方便だったのだろう。

父はもう確実に十兵衛を詐欺師と疑っているのだと、大輔も理解した。大輔自身、そうだろうと思った。たぶん、一悟はその父の片棒を担いできたのだろう、とも。

「ねえ、一悟は本当に奉行所に行かされるの？」

「それはまだ分からん」

「一悟は罪に問われるのかな」

「あの幼さだ。厳しい罰を受けることはあるまい」

大輔もそうだろうと思ったが、それでも一悟を哀れに思う気持ちは湧いた。

「一悟をさ、この家に置いてやるわけにはいかない？」

自分でも確かな考えを持たぬまま、大輔はそう口走っていた。朔右衛門は少し目を見開いたが、大仰に驚くことはなかった。

「それは、あの子をうちの奉公人にしてやれという意味か」

そこまでしっかりとした考えを持っていたわけではなかったが、父から持ち出された案はとてもよいものに思えた。

「そ、そうだよ。うちの旅籠で働いてもらえばいい。一悟のお父つぁんはもう戻ってこないかもしれないんだろ」

「それは分からん。仮に十兵衛さんが悪事に手を染めていたとしても、我が子への情けはまた別のものだろう。それに、一悟自身がそうしたいと思うかどうか」

「じゃあさ、一悟のお父つぁんが戻ってこなくて、一悟がいいって言ったら、置いてやってもいいんだな」

前のめりになって、大輔は問うた。

「大輔、あの子は『騙り集りの父子草』と呼ばれていたかもしれないのだぞ」

朔右衛門は難しい表情になって言う。

「けど、まだはっきりとは分からないだろ」

「いや、あの子は認めなかったが、あの通り名を聞くなり表情を変えた。自分たちがそう呼ばれていることを知っているのだと、私は見たよ」

大輔自身も、一悟の顔色が変わったのをしっかりと見ていた。父に抗弁する言葉を大輔は持たなかった。

「あの子をここへ置くかどうかは、これまであの子がしてきたことによる。もしも、騙りと知った上で父親の手助けをしてきたのなら、うちへ置いてやるわけにはいかない」

客を相手の旅籠屋を営む以上、それは絶対に枉《ま》げられないことだと、朔右衛門は言った。そのきっぱりとした物言いに対し、大輔は言葉を返すことができなかった。

一悟を助けてやりたい、守ってやりたいと思う。だが、どんな敵から守ってやればいいのか、大輔にはよく分からなかった。

もしかしたら、一悟の敵とは本人の中に巣くう、もう一人の一悟――嘘吐きの一悟なのかもしれない。誰でも嘘を吐くと言い、小さな嘘や大法螺が許されるならどんな嘘でも許されるはずだと考える、もう一人の一悟。大輔がよく知る一悟を、嘘吐き一悟から守るためにはどうすればいいのだろう。

ややあって、一悟が花枝と共に部屋へ戻ってきた。寝巻などが包んであるのか、小さな風呂敷包みを持っている。その表情がいつもよりずっと心もとなく見えて、大輔は胸が痛んだ。

七章　神は偽りを嫌う

一

父親の十兵衛が大和屋から姿を消したその晩、一悟は主人一家の暮らす母屋で、大輔と床を並べて寝た。以前から、そうやって大輔と兄弟みたいに床を並べてみたいと思っていたのに、この日はちっとも楽しくなかった。きっと大輔も同じだろう。

仕方がない。騙り集りの父子草と呼ばれる詐欺師だと、ばれてしまったのだから。

あれから、大輔はまともに目を合わせなくなったし、しゃべりかけてこなくなった。一悟も大輔に何を言えばいいのか分からないから黙っている。前はしゃべることがいっぱいありすぎて、夜の来るのが早すぎると思うことさえあったのに、今はいくら時があっても何も話せない。

しかし、隣の部屋には腕っ節の強そうな手代が二人寝ているはずだから、下手なことは話さない方がいいだろう。手代たちが控えているのは、十兵衛が自分を迎えにやって来た時の用心のためだ。だが、大和屋の主人は何も分かっていない。十兵衛が迎えに来るはずがないのである。

十兵衛と一悟の間には、旅をする時のさまざまな取り決めがあった。

万が一、騙りがばれそうになった時は、とにかく十兵衛はすぐに逃げ出す。場合によっては、一悟を連れ出せないかもしれないが、それでも逃げる。一方、一悟は下手に逃げ出そうとせず、騙りを問い詰められた時には何も知らないと言い通す。多少は疑われるかもしれないが、それでも子供に対しては誰しも甘くなるものだ。

そうして父子ばらばらに難をやり過ごした後、落ち合う場所が決められていた。どういう状況になるか互いに分からないが、とにかく毎月一日と十五日、約束の場所へ互いに赴くことになっている。約束の場所は旅先に合わせて、いくつも設けられていた。宿屋のこともあれば、川の渡し場ということも橋のたもとということもあった。

――心配するな。一度離れ離れになっても、必ず俺たちは一緒になれる。

そう十兵衛は言った。

実際、過去にそういうことが一度あったのだが、その言葉の通り、二人はちゃんと再会できた。

——俺たち、騙り集りの父子草は何だってできるのさ。

他人につけられた詐欺師の通り名を自ら口にして、十兵衛は大口を叩いたものである。

——お父つぁんと俺は怖いもんなしだね。

父と一緒にいると強気になって、一悟もそんなことを言ったりした。

その言葉は嘘ではない。本当に父と一緒にいると強気になれた。父が悪いことをしているのも、つかまれば牢屋《ろうや》に入れられることも知っていたが、それが何だと思っていた。そんなことより、試練をかいくぐって見事に人から金を巻き上げる時の喜びと気持ちの高ぶりときたら、他の何かに替えられるものではない。

その気持ちが萎み始めたのは、いつ頃からだったろう。はっきりいつからという自覚はなかったが、ほんの少しずつ、一悟の気持ちは変わっていった。

今はいい。だが、父はいつまでこの暮らしを続けるつもりなのだろう。いずれ父は年を取るだろうし、自分は大人になる。その時も今の暮らしを続けていけるとは思わなかったし、そういう自分たちの姿は思い描けなかった。

とはいえ、一悟はそういう気持ちを、はっきりと言葉にできたわけではない。ただ、もやもやした気持ちを抱えながら、父に付いて旅を続けてきただけである。

そんな時、大輔と出会った。

大輔は一悟に、曇りのない親しみの情を向け、見返りを求めぬ優しさを与えてくれた。これまでも同い年くらいの子供と親しくなったことはあるが、一悟が自分から仲良くなりたい、長く付き合っていきたいと思ったのは、大輔が初めてだった。

もっとも、出会った当初は違っていた。むしろ、大輔の親切心をどう利用しようかと考えていたくらいだ。

だが、ある時から、その方法を考えるのが嫌になった。それがいつのことかははっきりと分かる。

腹痛を装う父を小鳥神社に連れていき、何も憑いていないと端整な顔の宮司から言われた後のことだ。おそらくあの宮司は父の偽病に気づいていたのだろう。

あの目に見据えられると怖かったのは、嘘がばれていると分かったからだ。

その後、大輔と花枝と泰山がそろって小鳥神社へ行ったと聞き、あの宮司が父の偽病をばらしただろうと、一悟は恐れた。その時、初めて気がついた。嘘がばれて詐欺が失敗することを恐れるより、自分が嘘吐きだと大輔にばれることを恐れる自分の本心に――。

ところが、予想と違い、なぜか、あの宮司は大輔に何もばらさなかった。父の詐欺はうまくいき、大和屋を逃げ出すことになった時、一悟の中では、寂しさよりも安堵の方が勝《まさ》っていた。

自分たちが去れば、大輔に正体がばれるが、二度と会うこともない。嘘吐きだと知られた後、顔を合わせるのは耐えがたかったから、それでいいと思っていた。

それなのに、味をしめた父が再び大和屋へ行くと言い出した時、一悟が反対しなかったのは、やはりもう一度大輔に会いたかったからだ。

今度は疑いの目で見られるだろうが、十兵衛は大和屋の連中を丸め込むことなど容易《たやす》いと言う。一悟自身、大輔のようにまっすぐな少年を騙すことは難しくないと思った。

ただ、騙すことになっても会いたいのか、騙すくらいなら会わない方がよいのか、その答えは分からなかった。分からないまま一悟は大輔に再会し、そして疑うことを知らぬ大輔と前以上に親しくなった。
本当の苦しみはこの時から始まったと言っていい。
大輔を騙したくないと思うことは、父を裏切ることだった。父に従い続けること
は、大輔を騙し続けることであった。
(嘘なんて、誰だって吐いてるじゃないか)
一悟は蛇抜けの話や蛇含草の話を通して、いつしかそう考えるようになっていた。
大輔の前でもはっきりとそう言った。
本当は、大輔のようなまっすぐな人は嘘を吐いたことなどないだろうと、一悟も
思っている。吐いたとしても、大輔自身が言っていたように罪のない小さな嘘か、
絶対に法螺と分かる類の嘘だ。
だが、それ以外の嘘はいけない、と決めつけられたくなかった。大輔の口からそ
う言われたくなかった。
それは、二人の仲をはっきりと分かつことであったから――。
(俺はどうすればいいんだろう)
一悟は床の中で何度も体を動かしながら、そのことを考え続けた。が、答えは分

からなかった。傍らから、寝息の音は聞こえてこない。時折寝返りを打つ音だけが聞こえるから、大輔も眠れないのだろう。

だが、二人は互いに「おやすみなさい」と言った後は、声をかけ合うことはなかった。

（お父つぁん、どうして騙りなんてするようになったのさ）

一悟はこの時初めて、父の行いを非難する言葉を胸に吐き出したのであった。

大輔が一悟の目を見て、まともに話しかけてきたのは翌朝のことである。夜の間に十兵衛が忍び込むことなどあるはずもなく、隣の部屋で見張り役を兼ねていた手代たちはもう仕事に出ていた。

「お前のお父つぁん、昨日の夜、お前を迎えに来なかったな」

大輔は一悟から目をそらさずに言った。分かり切ったことをわざわざ言った大輔の意図がつかめず、一悟は無言を通す。

「お前のお父つぁんはお前を見捨てたんだろ」

と、大輔は遠慮のない口ぶりで言った。

「お前だって、そのことを本当は分かってるんだ」

「だったら、どうだって言うのさ」

一悟はやや捨て鉢な気分で言い返した。これまで大輔に対して、乱暴な物言いはしてこなかったが、今さらどうでもいい。どっちにしろ、この先は役人に突き出され、父の所業や居場所についていろいろ訊かれるだけだ。自分は何も知らないと白を切り、釈放されるのを待てばいい。どこかへ預けられるにしろ、誰かに見張られるにしろ、人目を盗んで父と落ち合う場所へ行きさえすれば――。

（そこでお父つぁんにまた会えたら、どうなるんだ）

と、一悟は疑問を持った。

どうにかなる、という考えはどこからも湧いてこなかった。父と再会し、再び始まるはずの旅の暮らしを思い描くことができない。それを待ち望む気持ちも、自分の将来として受け容れる気持ちも、湧いてこないのだった。

なぜなのかは分かっている。大輔に会ったからだ。まっすぐな目をした大輔の前で、嘘を吐く自分でいたくないと思うようになってしまったからだ。

「お父つぁんのことなんか忘れちまえよ」

いきなり、大輔はぶっきらぼうな調子で言った。

「え……」

「お前を捨てたお父つぁんのことなんか忘れちまえ」

十兵衛が一悟を捨てたと信じ込む大輔の声は、怒りに満ちている。本当は父と落ち合う約束なのだということを、一悟は言い出せなかった。

「お前はお前だ。お父つぁんとは違う道を進んでいけばいいじゃないか」

「お父つぁんとは違う道……？」

そんな道があるのか。考えてみたこともなかった。騙りも集りもせず、父とは別々に生きていくことなんて。

「俺ん家《ち》で働けばいい」

またもや、一悟には唐突に思える調子で、大輔が言い出した。

「大ちゃんの家で働くなんて、大ちゃんのお父つぁんが許してくれないよ」

昨日の朔右衛門の様子を思い返し、一悟は暗い声で言った。朔右衛門は一悟を責めはしなかったが、十兵衛のことは疑っていたし、その息子である一悟を旅籠で働かせたりはしないだろう。

「ああ。だからさ。うちのお父つぁんの考えを変えさせるんだ」

と、大輔は言い出した。その目に強い光が宿っているのを見ていたら、こんな時ではあるというのに、なぜか一悟はわくわくした気分になった。

「俺たち二人でここを出ていく。一悟を働かせてくれるとお父つぁんが言うまで、俺は家へは戻らねえ」

大輔はどうやら本気のようであった。

そんなのは無茶だ、と思う気持ちはあった。大輔はまともな旅などしたこともないはずだ。宿が見つからない時、廃屋や廃寺を探し歩くつらさ。ようやく屋根のある場所を見つけても、雨漏りだの虫だのに眠りを妨げられる。それだって野宿に比べればまだましなのだ。そういう旅のきつい側面を大輔はまったく知らないだろう。

一悟にしたところで、父の助けなしに一人で旅をする自信などはなかった。

それでも、大輔の申し出は一悟の心に火を点《とも》した。捨て鉢だった心に光をもたらした。

「ここを出て、どこへ行くの」

　一悟は尋ねた。

「俺に当てがあるから心配しなくていい」

　と、大輔は自信満々に言う。

「でも、家を出ていっちゃったら、大ちゃんのお父つぁんが考えを変えたかどうか、確かめようがないじゃないか」

　肝心なことを一悟は訊いた。それが確かめられなければ、大輔の家出の意味がなくなる。

「そこは時々、戻って様子を見るのさ」

　ひどく大雑把なことを大輔は言う。戻って姿を見られたら最後、要求云々よりも、大輔自身がつかまえられて、計画は中断させられるだけだ。一悟がそのことを指摘すると、

「じゃあ、竜晴さまや泰山先生のとこへ行って、うちの様子を探ってくれるよう、お願いすればいいさ」

　と、これも容易いことのように、大輔は言った。

「そこに、姉ちゃんを呼んでもらって、姉ちゃんからお父つぁんの様子を聞いてもいいし」

竜晴や泰山や花枝が味方をしてくれると、どうして信じられるのだろう。むしろ彼らは大輔の家出をやめさせるべく、すぐに朔右衛門に知らせるだろうに。

(まったく、大ちゃんは考えが甘っちょろいんだから……)

自分が付いていなければ——と、一悟は決心した。そして、そう思うのは一悟の心を高揚させた。わくわくした気分はさらに高まっている。

この計画が実際大輔の思惑通りに運ぶなどと、一悟は思っていない。それでも、大輔が自分のために一生懸命考えてくれたことが嬉しかった。たとえ失敗に終わってもいい。今は、大輔の計画に従いたかった。

「分かったよ」

と、一悟は言って微笑んだ。何だか久しぶりに笑ったような気がする。そして、一悟の笑顔を見るなり、大輔の表情もぱっと明るくなった。

「大ちゃんの言う通りにする」

一悟が力強く言うと、大輔は「ああ」とうなずき、照れくさそうに鼻の下をこすった。

大輔の行く当てとは、四谷の法螺抜けの穴であった。前に竜晴に連れてきてもらった時、こんなところで一晩野宿できたら楽しいだろうな、というほどのことを考えはしたものの、本気だったわけではない。だから、思いがけない形で、それが実現する運びとなり、大輔は昂奮していた。

寝床は家からこっそり古い茣蓙《ござ》を抱えてきた。持ち運ぶのは決して楽ではなかったが、紐《ひも》で体に括《くく》り付ければいいと、一悟から言われ、その通りにした。確かに、手で抱えて運ぶよりずっとよい方法だった。

握り飯も持ってきたから、今日の分は何とかなるだろう。茣蓙も握り飯も小烏神社に持っていき、一悟と一緒に薬草畑の世話をさせてもらうのだと言うと、誰もそれ以上のことを尋ねてはこなかった。

父への書き置きをしたため、それを昨晩一悟と一緒に寝た部屋に置いてきた。

家を出た後は小烏神社へは行かず、四谷へと向かう。銭も少しは持ってきたので、疲れたら駕籠に乗ろうと思っていたが、大輔自身は無論、一悟もすっかり元気で、その必要などまったくなかった。むしろはしゃいだような気持ちになり、駆け出したくなるのを我慢しなければならなかったほどだ。

四谷の法螺抜けの穴は、大輔が前に来た時と様子がさほど変わっていなかった。天海大僧正が張らせたという縄もまだある。

二人はそれを潜って、洞穴の中へ入った。

「これが大ちゃんの言ってた法螺抜けの穴なんだね」

一悟は中へ足を踏み入れるなり、奥の方まで小走りに駆けていき、明るい声を上げた。

大きな声を出すと、うわあんと広がって聞こえる。それが面白く、二人はしばらく互いに声の掛け合いっこをして、げらげら笑い合った。ちっとも疲れていなかったし、腹が空《す》いたとも思わなかった。

大輔がようやく少し落ち着きを取り戻したのは、洞穴の中で声を出しすぎて、喉が嗄《か》れたことに気づいた時であった。持ってきた竹筒の水を飲もうと、それを取り出し、自分よりも先に一悟に飲めよと差し出した。

これを飲み終えてしまったら、どこかに井戸を探しに行こう。それからゆっくり握り飯を食べて――と、大輔は心楽しくこれからのことを算段する。

一悟は大輔の差し出した竹筒を受け取ると、水を飲み出した。ごくごくと水が喉を通る音だけが聞こえる。

水を飲み終えた一悟が、大輔に竹筒を返した時、その表情から先ほどまでのはしゃぎぶりは消えていた。一悟の顔はどこか暗く、虚《うつ》ろなふうに見えた。

家を出てからまったく感じることのなかった不安が芽生えてきたのは、この時であった。

「一悟、大事無いか」

大輔は優しく尋ねた。だが、一悟の返事はない。返事をしないどころか、その虚ろな目は大輔を見てもいないようであった。

「おい、どうしたんだよ」

大輔は一悟の顔をのぞき込むようにしたが、一悟の表情は変わらなかった。

「疲れちまったんだな」

大輔は竹筒を受け取り、放り出してあった茣蓙を広げると、「まあ、座れよ」と一悟に勧めた。

「寝転がったっていいんだぜ。行儀が悪いとか、うるさく言う大人もいないしさ」

楽しげに軽口めかして言ってみても、一悟は笑わない。茣蓙に座ろうともしないので、大輔は一悟の腕を引っ張り、茣蓙の上に座らせた。

「ちょっと休んでろよ。俺、井戸を探してくるからさ」

そう言い置き、立ち上がろうとした大輔に、「大ちゃんってさ」と一悟の声が追いかけてきた。口を利いたことにほっとする一方、その声の思いがけない暗さに、大輔は嫌な予感がした。

「俺のこと、嘘吐きだって思ってるよね」

その問いかけは、大輔にとっていちばん嫌なものであった。思っていないと言えば嘘を吐いたことになる。思っていると言えば、一悟を突き放した気分になるのを避けられなかった。大輔は一悟を突き放す気持ちなどまったくない。むしろ、どこまでも味方でいてやりたい、守ってやりたいと思っているのに。

「俺は、一悟を見捨てたりしないぞ」

と、大輔は返事をごまかした。それ以外に口にできる言葉はなかったのだ。

だが、一悟は納得しなかった。

「そういうことを訊いているんじゃないよ」

と、抑揚のない声で言う。

「大ちゃんのそういう気持ちはぜんぜん疑ってないから。俺が訊きたいのは、大ちゃんが俺のこと、嘘吐きと思っているかいないかってことだよ」

「それは……」

大輔が口ごもっていると、「じゃあさ」と今度は奇妙に明るい調子の声になって、一悟は言い出した。

「大ちゃんの気持ちを十だとしたら、十のうちどれくらい、俺を嘘吐きだと思ってる？」

「え……」

「十のうち十、嘘吐きだと思ってるの？」

容赦なく続けられる問いかけに、大輔はつい「そんなことは……」と言ってしまった。

「じゃあ、十のうち九、それとも七くらい？」

そんなことを訊かれても、答えようがない。そんなふうに考えたことはなかったし、改めて考えてみても、その時の状況によって変わってしまうのだ。昨日は十疑っていたって、今日は八くらいに減っているということなど、ふつうにある話ではないのか。

今の気持ちを答えればいいのかもしれないが、一悟を嘘吐きだと思う気持ちと、一悟を信じたいと思う気持ちがない交ぜになっている大輔は、やはりうまく答えられなかった。

「前に、嘘が許されるか許されないかって話をしたよね」

一悟はもう大輔の返事を待たず、勝手にしゃべり出した。「ああ」と大輔はうなずく。

「大ちゃんは大法螺や小さな嘘は許されるみたいなことを言ってた。俺は、嘘はぜんぶ嘘だって言った。けどさ、それなら嘘って何なんだよって思わない？」

「どういうことだよ」

「だからさ、大ちゃんが今、俺のことを嘘吐きだとは思ってないって答えたとするよ。けど、十のうち六はそうだとしても、四は疑ってたとしたらどう？　大ちゃんのその答えだって、十のうち四は嘘を吐いてることになるよね」

「そんなの、はっきりと分かることじゃないだろ？　誰だって、その時の気持ち次第で本当だと思うことを口にしている。それ以外にどうしようもないんだから、それでいいじゃないか」

「別に駄目だなんて言ってないよ。俺が言いたいのは、そうだとしたら、この世の中に本当の言葉も嘘の言葉もないってこと。どんな言葉にだって、十のうち一か二くらい嘘が混じってるかもしれないでしょ。逆に嘘を吐くぞって口にした言葉にだって、十のうち一か二くらい本当が混じってるかもしれない。だから、この世の中には正直者も嘘吐きもいないんだよ」

一悟の物言いはいつの間にか、滑らかで弾むような調子になっていた。どことなく、自分の言葉に酔っているようにも見えた。

「お前、そんなこと言ったら、嘘を吐いても許されるってことになっちゃうじゃないか」

大輔はようやくそれだけを言い返した。

「違うよ、何を言ってるの。嘘を吐いても許されるんじゃなくて、この世に嘘の言葉なんてないんだよ。大ちゃん、もういい加減分かってよ」

ふふっと謎めいた声を立てて、一悟は笑った。大輔は思わずぞっとした。一悟がそんなふうに笑うのを聞いたことはない。まるで別人のようであった。

（まさか――）

と、大輔の脳裡を嫌な予感がかすめていく。人が急に別人のようになるのを、これまでに見たことがないわけではない。そういう時、物の怪や霊といった類に乗り移られ、その憑いたものがしゃべったり笑ったりしているのだ。

「一悟、お前、どうしたんだ。何を言ってるんだよ」

「ん……」

一悟の反応は鈍かった。

「お前さあ、一悟……なんだよな」

思い切って大輔は尋ねる。一悟――と思われる者が大輔の目を見据えてきた。一悟の顔をしているが、大輔の見知らぬ者の目であった。

「俺は嘘吐きじゃないっ！」

一悟の口からあふれ出た悲痛な叫び声が洞穴の中に響き渡る。大輔は声を上げるのを必死にこらえた。その目の端に、白くくねくねと動くものが見えた。

二

　それより少し前のこと。

　小鳥神社の竜晴のもとに、花枝と泰山がいた。泰山は往診の後、薬草畑の様子を見に立ち寄ったのだが、そこへ蒼い顔をした花枝が駆け込んできたのである。

「こちらに大輔が来ていませんか。一悟ちゃんは——？」

　と、花枝はいつになく取り乱していた。

「二人とも来ていませんが、何がありましたか」

　と、竜晴が尋ねても、「どうしましょう。大輔がここ以外に行く場所なんて……」

　と呟くばかりで、はかばかしい返事がない。

「とにかく落ち着いてください」

　と、竜晴と泰山で交互に言い、花枝を縁側に座らせてから、話を聞いた。少し落ち着いた花枝は、昨晩、お客から「騙り集りの父子草」の話を聞いたこと、十兵衛が姿を消したことなどを打ち明けた後、

「今日になって、大輔と一悟ちゃんの二人がいなくなったのです」

と、告げた。さらに、大輔の書き置きがあったという。

「そこには、一悟ちゃんをうちの旅籠で働かせてほしい、それを承知してもらえるまで家へは帰らない、と書かれてありました」

「何と、大輔殿がそこまで思い詰めていたとは……」

泰山は驚き、大輔を哀れむように呟いた。一方の竜晴はさして表情を変えず、

「しかし、その書き置きはおかしいですね」

と、言う。

「どこがおかしいのでしょう」

花枝がすがるような眼差しを向けた。

「承知してもらえるまで帰らないと言うからには、大和屋の旦那さんの考えを確かめねばなりません。大輔殿はそれをどうやって確かめるつもりなのだろう」

「そこまで頭の回る子じゃありませんから……」

と、花枝は恥ずかしそうに呟いた。

「思い立ったらすぐ動いてしまったのでしょう。だからこそ、大輔がすぐに思いつ

ける避難先は、宮司さまのもとかと思ったのですが……」

「ふむ。ここには来ていないし、泰山のところでもないようです」

竜晴は独り言のように呟き、目を閉じた。

「私も大輔殿とは会っていないが、留守中に訪ねてきたのかもしれない。今から家へ戻って確かめてみましょうか」

泰山が気を利かせて花枝に尋ねる。

「こちらでないとすると、泰山先生を頼っていったかもしれません。それでしたら、私もご一緒してよろしいでしょうか」

花枝が答え、それならすぐに出向こうかと二人が立ち上がりかけた時、

「いいえ、その必要はありません」

と、竜晴が目を開いて告げた。

「どういうことですか」

困惑して訊き返す花枝に、竜晴は涼しげな顔で「大輔殿の居場所が分かりましたから」と告げる。

「ど、どうして分かるのですか」

「まあ、それは後ほどゆっくりお聞かせしましょう。それより、すぐに当地へ向かった方がいい。大輔殿は前に私が案内した四谷の千日谷にいるようです」

竜晴の言葉に、花枝も泰山もあっと声を上げた。

「それって、法螺抜けがあったという洞穴のことか」

泰山が問う。

「そうだ。あの時、大輔殿はあそこがいたく気に入ったようだった。まあ、長く寝泊まりできるようなところではありませんが、それこそ思いつきで行ったのだと思われます」

すぐに向かいましょうと、竜晴は花枝に言った。

「私も行こう」

泰山が回診で持ち歩いていた薬箱の風呂敷を抱え上げて言う。三人はとにかく歩けるところまで歩き、駕籠を見つけ次第、それに乗っていくことにした。

竜晴は庭の木の枝に止まっているカラスと、縁側の下に身を潜めている白蛇に、後を頼むと念を送り、振り返ることなく出かけていった。

三人は途中で駕籠屋を見つけ、すぐに乗ることができたので、さほど時をかけずに、千日谷の洞穴に到着することができた。

「大輔っ、一悟ちゃん」

洞穴の地面に茣蓙を敷き、そこで向かい合って座っている子供たちを目にするなり、花枝が叫ぶ。

竜晴はそれより早く、天海の命令で張られている縄をくぐり、洞穴の中へ入った。

「あ、竜晴さま」

腰が抜けたように座り込んでいた大輔が、竜晴にすがるような目を向けた。

「い、一悟がおかしくなっちまって……。それに、急にあんな奴が出てきて、一悟に――」

と、大輔は一悟の方を指さしながら言う。だが、大輔が示したいのは一悟ではなく、一悟の体に巻きついている白いものであった。

一見すると蛇のようなのだが、よく見ると、本物の蛇ではない。鱗《うろこ》がまったくなく、人の肌のようにすべすべした皮をしているのだ。それに、白蛇といったところで、ちょっとは青みがかっていたり茶色がかっていたりするものだが、その蛇は紙のように真っ白だった。目玉は付いているし、舌を出し入れしてもいるのだが、それらも白い。こんな生き物がふつうにいるわけがないと、大輔の目は訴えていた。

「ああ、これは私がここに置いていった式神だ」

竜晴は落ち着いた声で、大輔に答えた。

「し、しきがみ？」

大輔は頓狂な声を出したが、

「一悟殿に害を為すことはないから安心していい」

と、竜晴が言うと、ひとまず落ち着いたようで、こくんとうなずいた。

「大輔、あんた、一悟ちゃんに何をしたの」

竜晴の後から洞穴に入ってきた花枝が、大輔のすぐ後ろへ来て、厳しい声を出す。

「俺、何もしてねえよ。ここへ来て少ししたら、一悟の様子がおかしくなったんだ」

大輔は懸命に言い張った。

「ねえ、竜晴さま。一悟には何かが憑いてるんじゃないかな。だって、一悟って呼びかけても返事しないし、いろいろしゃべるんだけど、その中身が変なんだよ。目つきもいつもの一悟とは何か違うんだ」

「そうか。あの式神は物の怪の類を見つけたら、つかまえるように呪《じゅ》をかけてあった。ああして一悟殿を捕らえているということは、一悟殿に何かが憑いていると見て間違いないだろう」

大輔の居場所をすぐに察したのも、式神からの知らせを読み取ったからだと、竜晴は花枝に告げた。

「式神を離せば、暴れ出すやもしれぬゆえ、もうしばらくああしておこう」

と、竜晴は大輔に言う。一悟は白い紐に縛られているように見えるが、本人が苦しい思いをしているわけではないと言う竜晴に、大輔は無言でうなずき返した。

「では、後は私に任せてくれ」

竜晴は大輔たちに言い、一悟の目の前に座った。それを機に、大輔たちは莫蓙から身を退《ひ》いた。

「さて、この洞穴はとあるお方の力で結界が張ってあった。ゆえに、人は入ることができても、物の怪や霊は入れぬ。それが入れたとなれば、もともと人に憑いていたと考えるより他にない」

竜晴は一悟に憑いた霊に向かって、ゆっくり語った。一悟は虚ろな表情をしたまま、その目は竜晴の方を見てもいないようである。竜晴はかまわずに語り続けた。

「あなたは一悟殿に初めから憑いており、おとなしくしていたものの、ここへ来て急に現れた。それはおそらく、大法螺貝の霊力の名残を感じ取り、力を得たというところだろう」

「………」

「大輔殿相手にはいろいろしゃべっていたと聞く。その話を、私にも聞かせてくれないだろうか」

誘いかけるように竜晴が言うと、一悟の首が少し動いた。

「俺は嘘吐きじゃない……」

と、一悟の口からようやく言葉が漏れた。

「そ、それ、さっきから言ってんだ」

後ろから、大輔が口を挟んだ。

「でも、今の言葉なら、一悟ちゃんが言ったっておかしくないんじゃない？　私たちに疑われていると思っていたでしょうし……」

花枝が大輔に小声で言うのが、竜晴にも聞こえた。

「霊が人に憑く時、そこには何らかの縁があります。血縁なり地縁なりがよくある例《ためし》ですが、同じ心持ちを抱くということもある。おそらくこの度の憑き物はそれなのでしょう」

竜晴は目を一悟からそらさぬまま、花枝たちに説明する。それから、

「では、あなたが嘘吐きでないことを、私にも分かるように説いてほしい」

と、竜晴は一悟に憑いた霊に言った。

「真摯《しんし》に聞くつもりだ。そして、できるならば、あなたの助けになりたいとも思う」

一悟の虚ろな両目があちこちをさ迷った末、やがて竜晴の顔へとしっかり据えられた。

「では、まずあなたの名を教えてくれないだろうか」

「……きはち」

一悟の唇が動いた。後ろで誰かがはっと息を呑んだようだ。

「漢字でどう書くか分かっているなら教えてほしい」

竜晴が問うと、「喜ぶ、に、数字の八」と返事があった。年齢を問うと、「十三」とはっきり答える。

「では、喜八殿」

竜晴は改めてその名を呼んだ。

「あなたが嘘吐きでないと述べるのは、誰かから嘘吐きと言われたことによるものだろう。誰があなたを嘘吐きと言ったのか、また、あなたが自分を嘘吐きでないと言う理由を聞かせてほしい」

「俺は……村に住んでた……。村の名前はもう覚えてねえ。山と山に囲まれた外からは入りにくいとこだ。毎日毎日おんなじことばっか。外から人が来ることもねえ。俺は飽き飽きして、ちょっとした拵《こしら》えごとを口にした。盗賊がうちの村を襲いに来るぞって。山の中で盗賊たちが相談しているのを聞いちまったって」

「村の人はそれを信じたのか？」

「それが、自分でも驚いちまうほど、皆、信じたんだ」

と、喜八は言った。

「村の連中は何もない暮らしに飽き飽きしてたんだよ。男たちは勇み立って刀を持った。刀のない連中は鋤《すき》や鍬《くわ》を磨いた。落とし穴を作ったり罠《わな》を仕掛けたりで、ちょっとした祭りみたいだったね。皆、生き生きしてたんだよ」

「ほう。だが、盗賊は来なかったのだろう?」

「そりゃあ、来ないさ。けど、俺は別に責められなかった。盗賊が気を変えることもあるだろうってね。その後も俺は同じことをくり返し、その度に皆は盗賊から身を守る支度をしてたんだ」

「だが、何度も同じことをすれば、やがて人は信じなくなる」

「その通りだよ。信じないだけじゃなくて、盗賊に備えること自体に飽きてきたんだ。そうするうち、作った落とし穴に村の子供が落ちて怪我をすることがあった。そうしたら、皆は掌《てのひら》を返したように、俺を責め始めた。喜八が嘘を吐いたのが悪いってな」

それから、自分の言葉は誰からも信じてもらえなくなったと、喜八は寂しそうにぽつりと言った。盗賊がやって来るという言葉だけでなく、それ以外の言葉もぜんぶ嘘と思われるようになった。嘘吐きと指さされ、罵《ののし》られた。仲間外れにもされた。

「俺は悔しかったよ。村の連中だって、初めは俺の言葉でお祭りみたいに浮かれてたくせにってさ。けど、しばらくして、俺は本当に山の中で盗賊を見かけたんだ。夜になったら、うちの村を襲う算段をしてた。俺は身震いしたよ。今度は本当だ。皆、信じてくれるはずだってね」

「皆は信じてくれなかったのだろう?」

「ああ。信じてくれなかった。嘘吐き喜八がまた法螺を吹いてるって言われただけだった。この時、俺は必死で皆に言って回ったんだ。けど、父ちゃんや兄ちゃんすら信じてくれなかった。恥ずかしいことはもうやめろと叱られただけだ」

夜になっても、誰も信じてくれなかった。万策尽きて家を脱け出した喜八は、一人山の奥へ逃げた。

盗賊は案の定、村を襲った。喜八は山の奥でただ震えているしかできなかった。

「朝になって村へ戻った……。ひどいありさまだったよ。男たちは殺され、女や子供の姿はなくなってた。父ちゃんも兄ちゃんも殺されて……」

うわあーと喜八は泣き叫ぶような声を上げた。その大声が洞穴の中に響き渡る。

喜八自身がどうなったのか、その口から語られることはなかった。村が滅ぼされた後、すぐに死んだのか、その後も生きたのか。しかし、十三歳と答えたのが喜八の死んだ年であるならば、その後間もなく死んだのだろうと、竜晴は見た。

「りゅ、竜晴さま……」

背後から、大輔の震える声がした。

「俺、一悟から似たような話を聞いたことがある。旅先で聞いたって言ってた。その話では、盗賊に襲われるんじゃなくて、蛇抜けが起きたんだけど……」

「なるほど。ならば、今の話が途中ですり替わって伝えられたのだろう。一悟殿はその話を聞き、自分の身と重ね合わせたのではないだろうか。そして、その心の隙間に喜八の霊が取り憑いたということだろう」

「竜晴さま、一悟を助けてやってください」

大輔は必死の声で言い、その場に頭を下げた。竜晴がうなずいてから喜八に目を戻すと、すでに喚《わめ》き声は収まっており、語り疲れた様子でぐったりしていた。それでも、首が倒れているだけで、体が倒れ込むこともないのは、蛇の式神に縛られているからだ。

「喜八殿。あなたは自分を嘘吐きでないと言うが、自分が成仏できない理由について考えたことがあるか」

改めて竜晴は尋ねた。その言葉に、喜八はびくっと体を震わせ、顔を起こした。虚を衝かれたような表情が竜晴に向けられている。

「最後に自分の言葉が真実になったから、自分は嘘吐きではないと、あなたは言いたいのかもしれない。自分を嘘吐きと罵った人々を恨めしく思う気持ちがあるのかもしれない。または、村の人たちが死んだのは自分を信じてくれなかったせいだ、と言いたいのかもしれない」

竜晴の言葉に、喜八は抗《あらが》わなかった。

「だが、そう思っているうちは、あなたは成仏できないだろう」

「俺が嘘吐きだって言いたいのか。嘘吐きだって認めなけりゃ、成仏できないって言うのか。俺は――」

「自分が本当は何者か、あなたはもう分かっているだろう」

竜晴は喜八の言葉を遮って告げた。

「あなたは正直者ではない。悪気のない嘘を吐き、吐いた嘘によってではなく、嘘を吐き続けるという行いによって村人たちを惑わせた。そのことを悪かったと認めなさい。そうすれば、あなたは亡くなった人々と同じ場所へ行ける」

「お、俺が皆と同じ場所へ――」

喜八の声が震えを帯びる。その表情が揺れ動いた。まるで体の中の何かと戦っているかのように、喜八が――一悟が苦しみ始める。どちらのものともつかぬ呻き声がその唇から漏れた。

竜晴はその姿を見るなり、右手で印を結び、顔の前へと持ってくる。

「悪事も一言、善事も一言。一言で言い離つ神、葛城《かつらぎ》の一言主《ひとことぬし》」

神の名を唱えた後、喜八の目を見据えて言う。

「後《のち》の世《よ》でも決して忘れぬように。神は偽りを嫌う」

竜晴は目を閉じると、呪を唱え始めた。

火途《かず》、血途《けちず》、刀途《とうず》の三途《さんず》より彼を離れしめ、遍《あまね》く一切を照らす光とならん
オンサンザン、ザンサクソワカ

印を結んだ手を洞穴の外へ向け、何かを送り出すようにすうっと動かす。竜晴の腕の動きと共に、一悟の体の中から脱け出した白い光が洞穴の外へと消え、空に吸い込まれていった。

それから、竜晴は再び一悟の体に向き直ると、「解」と唱えた。たちまち一悟の体を縛っていた式神の蛇が消え、もとのお札へと戻って、茣蓙の上へ舞い落ちる。その途端、一悟の体がぐらっと大きく揺れた。

「一悟っ！」

大輔が声を上げて駆け寄った時には、一悟の体は竜晴に支えられていた。

「気を失ってはいるが、じきに目を覚ます。喜八のことは覚えていないだろうが、一悟殿の心身には何の問題もないはずだ」

と告げ、竜晴は一悟の体を大輔に預けた。

「本当にありがとうございました」

立ち上がって茣蓙から離れた竜晴に、花枝が深々と頭を下げた。

「大輔と一悟ちゃんは家へ連れて帰ります。一悟ちゃんはしばらく家へ置いてくれるよう、私からも父に話しますので」

朔右衛門も大輔が家を出たことに狼狽《ろうばい》し、十兵衛がこのまま戻ってこなければ、一悟を家へ置いてもいいと言っているらしい。

「一悟殿の今後のことは、まず本人、そして大輔殿を含めて話し合ってください」

と、竜晴は告げた。それから、

「この洞穴の中にはあまり長くいない方がよいでしょう」

と告げ、まだ気を失っている一悟を泰山が背負い、皆で洞穴の外へ出た。木陰を探して一悟を休ませ、目を覚ますのを待つ。

「宮司さまは先にお戻りください。私どもこのまま家へ帰りますので」

と、花枝が言った。

「ならば、私が残って一悟殿が目を覚ますのを待ち、容態を確かめることにしよう」

と、泰山が言うので、竜晴は先に帰ることにした。帰り際、竜晴は一度だけ洞穴の方へ目を向けた。結界の縄の向こうで、白いものがちらと動いた。

三

帰り道、竜晴は小鳥神社の鳥居をくぐる前に、小鳥丸の出迎えを受けた。竜晴の頭上を飛び回っていた小鳥丸は、辺りに人がいなくなるのを待ちかねた様子で、その肩に舞い下りてくる。

「竜晴の留守の間に、アサマがやって来た」

と、嘴《くちばし》を忙しく動かしながら、小烏丸は告げた。

「アサマが……？　伊勢殿に何かあったのか」

「そうは言っていなかったが、何だか深刻そうな様子だった。竜晴に伝えてほしいと言っていた。自分に何かあった時には、我が主を守ってほしい、と」

「何かあった時……？　アサマは自分の身が危ういと感じているのだろうか」

「我もそう思って訊いてみたのだが、返事はなかった。だが、飛び立つ間際に、こんな歌を呟いていたんだ」

小烏丸の言葉に、竜晴は少し驚いた。

「歌だと？　アサマは歌を口ずさむのか」

「ふむ。こういう歌だった」


虎に乗り古屋を越えて青淵《あをぶち》に　蛟龍《みづち》とり来《こ》む剣大刀《つるぎたち》もが

小鳥丸は諳《そら》んじてみせた。

「それは『万葉集』の歌だな」

竜晴が呟くと、小鳥丸は大きくうなずいた。

「抜丸もそう言っていた」

「ふむ。不愉快だと怒っていたのか」

「抜丸はこの歌を知っていたがな」

「それは、蛟龍を蛇の仲間と思っているからだろう」

と、竜晴は納得した。

歌の意味は「虎の背に乗り、鬼が棲《す》むような古い家を飛び越え、青々とした淵に棲む蛟龍を生け捕りにしてくるような剣大刀がほしい」というもの。

虎にしろ、古屋、青淵にしろ、恐ろしい獣や場所の代表である。そして、蛟龍は毒を吐くという、蛇に似た恐ろしい生き物だ。それを生け捕りにするというのだから、抜丸にとっては不愉快だったろうが、アサマは抜丸を怒らせるため、この歌を呟いたわけではないだろう。

「アサマは剣大刀が欲しい、つまり強くなりたいと言いたかったわけだな」

「それだけあのものは切羽詰まっていたというわけか」

小烏丸が少し気がかりな様子で言う。

「お前の目に、アサマの様子はそう映ったのか」

「そうだな。少なくとも焦っているようには見えた」

と、小烏丸は慎重な口ぶりで答えた。

「ふうむ」

伊勢貞衡の身に何かあったと見るべきなのかと考えながら進むうち、やがて神社の鳥居が見えてきた。すると、鳥居の下のところに白いものが巻きついている。抜丸であった。

「どうした」

誰もいないのを確かめ、抜丸を掌にのせた竜晴が尋ねると、

「このカラスめが私を置き去りにして飛んでいったのです」

と、抜丸は言わずにはいられないという様子で、まず告げた。が、すぐに態度を改めると、

「失礼いたしました。妙な気配をとらえましたので、念のためにと思いまして」

と、真面目に言う。

「妙な、とは――」

竜晴が尋ねると、「竜晴さまは今、四谷の洞穴から戻ってこられたのですよね」

と、抜丸はまず確かめた。

「そうだが……」

「あちらに式神をお残しに？」

「うむ。一度呪を解いたが、再び呪をかけて残してきた」

「あの蛇の式神がどうも妙なことになっている気がいたします。気配が消えたわけではありませんが、何らかの異変に出くわしたのではないか、と。今のありさまをつぶさに申し上げることはできないのですが」

そう困惑気味に告げる抜丸に、「役立たずの白蛇だな」と、小烏丸がここぞとばかりに嫌みを言う。

「今、何と言った」

抜丸が鎌首をもたげ、竜晴の肩にのる小烏丸の方へ、にゅうっと頭を伸ばしていく。「あわわ」とばかり、小烏丸は竜晴の肩から飛び立っていった。

「よさないか」

竜晴がたしなめると、抜丸はすぐに身を縮め、「申し訳ございません」と謝罪した。小烏丸は竜晴の頭上で鳴き声を上げたが、再び舞い下りてはこなかった。

「大僧正さまの結界が弱まっているのかもしれぬ」

と、竜晴は言った。

「一悟殿に憑いた霊が結界に入り込んだため、呪力が弱まった恐れがある。となれば、物の怪や霊の類はあの場所へ入りたがるはずだ」

「大法螺貝の霊力の名残を求めてのことですか」

「そういうことだろう。その中に強いものがいれば、式神一柱ではどうにもできまい。消滅でもさせられれば、こちらにも気配が伝わるが、そうでもないから、どこかに逃げ隠れているのかもしれぬな」

「しようもない……。蛇の式神でありながら、何という体《てい》たらく」

抜丸は腹立たしげに言った。

「いや、己の力量を知って身を守るのは大切なことだ」

竜晴が言うと、抜丸は「出すぎたことを申しました」とすぐに謝った。

「ひとまず、お前たちで四谷へ向かってくれるか。私は寛永寺へ寄って、伊勢殿の身に何か起きていないかお尋ねし、四谷のこともお知らせしてから追いかけよう」

竜晴は抜丸に告げた後、空を見上げて小烏丸に合図を送った。竜晴の腕に舞い下りてきた小烏丸にも、同じ指示を下す。付喪神たちは互いに顔を見合わせた。その様子は親密とは言いがたかったが、二柱が異を唱えることはない。

いつものように抜丸を足に絡みつかせた小烏丸が、四谷方面へ飛び立っていくのを見届けた竜晴は、その足ですぐ寛永寺へ向かった。


竜晴が庫裏へ到着した時、現れた小僧はすぐ、来客中であること、相手が伊勢貞衡であることを告げた。

「ちょうどよかった。伊勢殿にもお話ししたいことがあるゆえ、ぜひお目にかかりたいとお伝えしてくれ」

竜晴はすぐにそう伝えた。

「賀茂さまならお許しくださるに違いありませんが、少々お待ちください」

小僧は大急ぎで天海に取り次ぎ、戻ってくると、竜晴を部屋へ案内した。

「何やら火急の御用のようですな」

竜晴の顔色を見るなり天海は言ったが、その天海の表情も、前に座っている伊勢貞衡の表情も、いつものように穏やかではない。

「そちらも何やらおありでしたか」

竜晴が尋ねると、二人は目を見合わせ、やがて貞衡が口を開いた。

「実は、アサマがいなくなってしまったのです」

と、ひどく困惑した表情で言う。

「あれはいつも、一日のうちいくらかは空に放ってやるのですが、昨日から帰ってこない。もしや恐ろしい獣にでもやられたかと気にかかりまして」

アサマが付喪神かもしれないということは、天海も察している。だが、当の飼い主である貞衡は知らないはずなので、それを言うわけにはいかなかった。

「まあ、鷹は鳥の中では最も強いと言ってよいゆえ、そこらの獣にはやられないでしょう。ただ、前に伊勢殿を襲った鷹のことがありますから、そのことだけが気がかりだと申していた次第」

天海が言葉を添えた。

「……そういうことでしたか」

竜晴は応じ、アサマについて貞衡にどう告げたものかと頭をめぐらした。竜晴との間で交わした約束事も、つい先ほど告げていった言づてのことも、口にはできない。しかし、四谷で今起きている異変に、アサマが関わっている恐れもある。そのことだけは何とかして伝えられないものか。

「ところで、賀茂殿はどういったご用向きかな」

天海が竜晴を促した。

「四谷千日谷の洞穴のことで、お話がありまして」

と、竜晴は答え、先ほどの一悟の一件について簡単に説明した。それから、天海の結界が弱まったかもしれないこと、小鳥神社に帰って間もなく式神の異変を感じ取ったことを付け加えた。

「私は今から、四谷へ向かうつもりでおります」

と、竜晴は告げた。それから「伊勢殿」と貞衡に目を据えて言う。

「実は、その四谷の洞穴の上空に、私は以前、鷹を見かけました。私には、あれが伊勢殿のアサマのように見えたのです。今、アサマのお話を聞いて、そのことを思い出しましたので、念のためにお伝えしておきます」

本当はアサマ自身だったことが分かっているが、そこはあいまいに濁しておく。

だが、それでも貞衡は竜晴の言葉に飛びついた。

「ならば、再びそこへ飛んでいったアサマが、物の怪の類に捕らわれたこともあり得るのですな」

「そう決めつけることはできませんが、法螺抜けの穴にその類のものが集まるのは確かです。これまでは大僧正さまの施した結界が力を発していましたが、今はそれが弱まっているので」

「ぜひ、私もそこへお連れください」

貞衡は竜晴に体ごと向き直って告げた。

「そういうことなら話は早い。拙僧も参りますぞ」

と、天海も言う。

「結界の力が弱まったのには責めも覚えており申す。拙僧が自ら赴かず、使いの者に縄を張らせてきただけゆえ、気になってはいたのじゃ」

天海も貞衡も決心の固さがその表情と声に表れている。

「では、共に参りましょう」

竜晴は承知した。

「ただし、芝でのこともあります。あの時ほど危なくはないでしょうが、くれぐれもご用心ください」

「無論、承知」

「相分かった」

天海と貞衡は口々に答えた。

八章　蛇含草の黄色い花

一

竜晴と天海、貞衡が四谷の洞穴に到着した時、他にも行を共にした者がいた。貞衡が供に連れていた配下の侍が二名、天海の供をしてきた侍が二名。そのうちの一人は竜晴も知る田辺である。

その総勢七名が洞穴の前に立った時、異変はすぐに起きた。

竜晴、天海、貞衡を残す他の四名がたちまち気を失ったのである。

「おい、どうした」

貞衡が吃驚して配下の者に声をかけたが、返事もなくその場に倒れ伏してしまう。

竜晴は急いで目を周辺に走らせた。先に行かせた小烏丸と抜丸がどこかにいるはずだ。意識を澄ませると、すぐに二柱の居場所は知れた。近くの木の枝に小烏丸が止まっており、その足には抜丸が絡みついたままであった。

二柱は洞穴へ入り込むのは避けたのだろう。それでよいと、竜晴はそっとうなずいた。

先ほど花枝や泰山と一緒に来た時とは明らかに違う。法螺抜けの穴は禍々《まがまが》しい気に満ちていた。

「大僧正さま」

竜晴は警戒の声を発する。

「うむ」

天海がすぐに応じた。手首に巻いてある数珠《じゅず》を手繰り寄せながら、洞穴から片時も目をそらそうとしない。少しでも気を抜けば、何が起きるか分からないからだ。

その途端、外から洞穴に向かって、激しい風が吹き付けてきた。

竜晴はすぐに印を結び、体の前で風圧を消し去る。

貞衡は体ごと洞穴の方へ持っていかれかけたが、すぐに体勢を立て直すや、太刀を地面に突き立てて耐えた。だが、風はいっこうに収まらず、さらに勢いを増していく。

「伊勢殿っ！」

竜晴は貞衡の前に身を移し、貞衡を風圧から守った。

「大僧正さま」

「拙僧は大事無い」

天海が数珠を手に合掌し、しっかりした声で応じる。

吹き付ける風は凄《すさ》まじく、そしてふつうの風ではなかった。なぜなら、地面に倒れている侍たちはまったく影響を受けていない。大風はまるで悪意を持つかのように、竜晴たち三人を洞穴の中へ引きずり込むべく吹き付けてくるのだった。

「賀茂殿、いつまでこらえられるか」

天海が苦しげな声で尋ねる。

「しばらくは。しかし、術者がいるでしょう。その者を何とかしなければ」

竜晴は淡々と応じた。

風から貞衡と自身を守りつつ、竜晴は慎重にこの風を巻き起こしている何ものかの気配を探り始めた。まずは洞穴の中、だが、中にいる気配はない。そこから徐々に洞穴の外へと意識を広げていき――。

と、その時、

「アサマっ！」

という大きな声が竜晴のすぐ近くで湧き起こった。貞衡だった。アサマがこちらに向かって飛んでくるのが見える。しかし、アサマの正体を知る竜晴には、アサマが何ものかに操られていることが分かった。

「アサマにかけられた呪を解きます」

竜晴はそう言うなり、印を結んだ。

業火《ごうか》をまといし金烏《きんう》来《きた》れり。不浄一切を焼き滅ぼさん
オン、クロダノウ、ウンジャク、ソワカ

呪を唱える間、竜晴は目を閉じていた。その呪文の最後の部分に、

「賀茂殿、危ないっ！」

という貞衡の叫びが被《かぶ》せられる。竜晴の真後ろから、一本の矢が飛んできたのだ。

その鋭い矢じりが今にも竜晴の背に突き刺さろうとしたその時――。

矢は直角に曲がった。

「落ちよ」

と、静かに発せられた竜晴の言葉によって。

地面に突き立った矢を茫然《ぼうぜん》と見つめたまま、

「な、何と！」

貞衡はそれなり声を失う。

「何ものか！」

鞭《むち》打つごとき天海の声が響き渡った。続けて、天海が呪を唱え始める。

魂《こん》捕らわれたれば、魄《はく》また動くを得ず。影踏まれたれば、本《もと》つ身《み》進むを得ず

ノウマクサンマンダ、バザラダンカン

天海は印を結ぶことなく、呪文を唱えることもなく、金縛りの呪をかけることができる。それは強い呪力を持つがゆえのことだが、印を結び、呪文を唱えれば、いっそう強固な縛りをかけることが可能だ。

この時、天海は力を出し惜しみしなかった。

矢の飛んできた方角から、どっと何かの倒れる音がする。杉の大木の蔭に隠れていた人物が地面に臥《ふ》したのだ。それが何者か分かるなり、貞衡は「三郎兵衛っ！」と声を放っていた。

伊勢家に代々仕えている鷹匠の男であった。

貞衡は何があったのかわけが分からぬまま、三郎兵衛に駆け寄っていた。走り出せたのはあの狂風が収まったからだが、それにも気づけなかった。

「三郎兵衛、何ゆえお前が――」

貞衡が気を失っている三郎兵衛を抱え起こした時、

「その者は仕掛けた張本人ではありません」

後ろから竜晴が告げた。その傍らには天海もいる。

竜晴の両腕には、アサマが抱えられていた。アサマも三郎兵衛と同じように気を失っている。

貞衡が三郎兵衛の体を再び地に横たえ、アサマを受け取ると、代わって竜晴が三郎兵衛の傍らに膝をつき、右の袖をまくり上げた。

「何と――」

天海の口から痛ましげな声が漏れる。三郎兵衛の右腕には焼き印が押されていた。

「呪」という文字が赤黒く焼けただれている。

「何ものかに操られた鷹匠に、アサマが操られていたということでしょう」

竜晴は静かに告げ、三郎兵衛の袖を元に戻すと、立ち上がった。

辺りを見回すと、弓が落ちている。そのすぐそばには、いつの間にやら小鳥丸が舞い下りていた。抜丸の姿はない。どこに行ったかと、竜晴が四方に意識を飛ばすと、先ほど竜晴を目がけて飛んできた矢に巻きついていた。二柱がそれぞれ弓と矢に寄り添っていたのは、それがアサマの本体だと察したからだ。

本体を使用されたため、アサマは三郎兵衛に逆らえなかったのだろう。その三郎兵衛は焼き印を押した何ものかに逆らえなかった。

竜晴が弓矢を回収して、再び貞衡たちのところへ戻ってくると、

「三郎兵衛とアサマをかような目に遭わせたのは、何ものなのか」

三郎兵衛の傍らに膝をつき、アサマを抱き締めながら、貞衡は声を振り絞るようにして言った。

「分かりませぬか、賀茂殿」

「残念ながら、この焼き印だけでそこまでは――」

竜晴は目を伏せて答える。

「しかし、このままにはしておきません」

竜晴はそう言うと、顔を上げ、天海と貞衡の顔を交互に見つめた。

「何ものであれ、敵は恥知らずにも我々に挑んでまいりました。その報いは必ず受けさせましょう」

「うむ。しごくもっともなお考えだ」

天海が応じた。

「かしこまりました」

と、貞衡が声を震わせて応じる。

「それがしとて我が家の鷹匠と鷹を傷つけられ、このままにするわけにはいかぬ。伊勢家の名にかけて、この仇《かたき》は必ず討ち果たす。お二方のお力にならんことをお約束いたします」

「では、さっそくにも伊勢殿。鷹匠殿とアサマを我が神社で預からせていただきたいのですが」

竜晴が言い出すと、

「それはかまいませんが、意識を取り戻してからということですか」

貞衡が怪訝な表情で訊き返した。

「何をおっしゃいます。意識を取り戻したらお帰しいたします。我が神社で介抱すると申しているのです」

「介抱とは、賀茂殿が診てくださると――？」

「私が見るのは、術にやられた傷だけですが……。その他の傷については、立花泰山殿に診てもらいましょう」

竜晴が言うと、「ああ、そうでしたか」と貞衡は破顔した。

「立花先生はそれがしを助けてくれたカラスも治してくださった。アサマのことも完治させてくれるでしょう」

「それはもう間違いなく」

と、竜晴は勝手に請け合った。

「健やかになるまで面倒を見るつもりですが、意識を取り戻したら、事情を伺ってもかまいませんね」

「ああ、三郎兵衛のことですな。もちろんかまいませんとも」

貞衛はうなずいた。竜晴としてはアサマにも聞き取りをするつもりであったが、まあ、それは勝手にやらせてもらおう。三郎兵衛の用いた弓矢も調べさせてもらいたいと、竜晴が言うと、貞衛は二つ返事で承知した。この弓矢は調べるというより、アサマの回復のため近くに置いてやりたいだけだが、それを貞衛に告げる必要はない。

「では、アサマはともかく、三郎兵衛は我が家臣に運ばせたいが、あちらに倒れている者たちは大事無いのだろうか」

その時になってようやく、貞衛は洞穴の入り口に倒れている四人の侍たちを気遣った。

「あの者たちは呪にかけられたというより、意識を失くしただけであろうから、間もなく目を覚ますであろう」

天海がそう答えて間もなく、田辺を含む四人の侍たちは目を覚まして起き上がった。

彼らの意識がはっきりするのを待って、貞衡は家臣たちに三郎兵衛とアサマを小鳥神社へ運ぶようにと命じる。自らも一緒に神社まで付き添いたいというので、竜晴は貞衡と行を共にすることになった。

天海は再び洞穴の前に強力な呪を施し、しめ縄を張り巡らしてから帰ることになり、そこで別れた。

（お前たちもほどほどに引き揚げよ）

竜晴はひそかに小烏丸と抜丸に念を送ってから帰途に就いた。

二

それより少し前の洞穴近くでのこと。

一悟が目覚めた時、初めに目に入ったのは、大輔の心配そうな顔であった。その顔がみるみるうちにゆがんだかと思うと、

「泰山先生、姉ちゃん、一悟が目を覚ました」

と、大輔は大きな声を出した。その顔は今にも泣き出しそうに見える。男のくせ

に、大ちゃんは情けないなと思っていたら、

「大事無いか、一悟殿」

と、優しげな男の声がかけられた。ああ、泰山先生だとすぐに分かった。

泰山先生には本当にすまないことをしたと思う。お父つぁんの偽病のせいで、泰山先生は医者としての自分の腕に自信を失くしかけてたっていう話だから――。

「一悟ちゃん」

続けて温かい女の声がかけられた。大輔の姉の花枝である。

花枝のことも騙してしまった。そればかりでなく、自分のせいで大輔に家出までさせてしまったのだから、きっと自分は花枝からたいそう嫌われたことだろう。

そう思うと、胸が痛んだ。

自分はどうして、嫌われたくないと思う大切な人を騙したりしたのだろう。本当は騙したくなんかなかったのに――。

そして、誰より嫌われたくない大切な人は――。

(大ちゃん)

一悟は再び大輔を見つめた。先ほど泣き出しそうに見えた大輔の顔は、この時は

ほっと安心した様子で落ち着きを取り戻している。

「一悟……」

その大輔の口から、少し戸惑ったような声が漏れた。

何があったんだろうと思っていたら、大輔の顔がぼやけ始めた。

一悟自身が泣いていたからであった。

その後、一悟は泰山に体を診てもらい、大事無いと判断された。歩けるかと問われ、花枝からは駕籠を拾おうと何度も言われたが、一悟は大丈夫だと答え、大輔と一緒に大和屋まで歩き続けた。その道中、一悟は大輔にまだ伝えていなかったことを打ち明けた。父とは、落ち合う日と場所を決めてあるのだということを——。その日は、今月の十五日、場所は上野山不忍池《しのばずのいけ》のほとりであった。

「でも、俺、十五日になっても、そこへは行かないよ」

一悟はきっぱりと告げた。

「そしたら、一悟のお父つぁんは心配するんじゃないか」

前の時は、あんなお父つぁんのことなんか忘れちまえと言ってたのに、大輔はそれも忘れた様子でまたしても甘っちょろいことを言う。しかし、それが大輔のいいところなのだと、一悟は思っている。

「俺はお父つぁんが心配してくれるかどうか、確かめたいんだ」

一悟は本音を告げた。

「どういうこと？」

「俺のことを心配してくれたなら、お父つぁんはこれからも俺のお父つぁんだ。けど、俺が約束の場所に行かなかった時、さっさと一人で旅立っていっちまうなら、俺は大ちゃんから言われたように、お父つぁんのことを忘れるつもりだ」

相変わらず揺るぎのない口ぶりで言う一悟に、大輔は心配そうな顔つきになった。

「でも、これまで同じようなことがあった時、一悟のお父つぁんは一悟を見捨てなかったんだろ。だから、今までこうやって一緒に旅してきたんだよな」

「今までは、約束の場所で必ず落ち合えたから、見捨てるも見捨てないもなかったんだ」

一悟は大輔から目をそらし、前方をきつい眼差しで見据えるようにした。

そう、これまでは必ず落ち合えたから、十兵衛は伜を捨てるかどうか、選ぶ必要がなかった。だから、一悟もまた、父から離れるべきかどうか、答えを迫られることはなかった。

でも、そのことを置き去りにしたまま、もう二人で旅を続けるわけにはいかない。

このまま「騙り集りの父子草」を続けるわけには――。

大輔が心配そうな眼差しを注ぎ続けてくれているのは、目の端にとらえていた。

一悟には父親のことを忘れろと言いながら、一悟が父親から見捨てられる事態にはならないでほしいと、大輔は願ってくれているのだ。そんなことになったら、一悟がひどく傷つくと思っているのだろう。

(俺はお父つぁんから見捨てられちまったら、やっぱり傷つくんだろうか)

一悟は自分自身に問いかけてみた。答えは考えてみるまでもなく分かり切っている気もしたし、その時になってみなければ、分からない気もした。

だから、今度は自分の考えで「その時」をわざと作り出すんだ。そして、自分の心にも答えを出す。

「大和屋の旦那さんには今日のことをちゃんと謝って、今までのことも謝って、ぜんぶ本当のことを話すよ。それで、お父つぁんとの約束の日まで、大和屋さんにいさせてくださいって頼もうと思うんだ」

十兵衛が本当に一悟のことを心配してくれるのなら、大和屋を手掛かりに捜そうとするだろう。大和屋を出ていってしまったら、一悟を捜す手段がなくなってしまう。

一悟がその決意を述べると、大輔は「俺も一緒に頼んでやる」と力強い声で請け合ってくれた。

大輔が一日ももたなかった家出を取りやめ、一悟、花枝、泰山と共に大和屋へ帰った時、父の朔右衛門は見たこともないほど厳しい表情をしていた。

「愚か者め」

と、大輔一人が雷を落とされたが、とにかく謝り続けた。どうして自分だけが怒られなければならないのかと、少し前なら考えそうなものだったが、不思議とそういう気持ちは湧かなかった。一悟はぜんぶ自分が悪いのだと言って、大輔と一緒に謝ってくれたし、花枝と泰山も大輔のために口添えしてくれた。やったことの是非はともかく、大輔なりに一悟を思ってしたことなのだから、と——。

そうしたやり取りを経て、ようやく朔右衛門が怒りを収めてから、一悟は十兵衛との待ち合わせの約束について朔右衛門に打ち明けた。自分はそこへ行かないことも、その時に父がどうするのか、それを知りたいと思っているということも。その時までは大和屋に置いてほしいと言う一悟に、朔右衛門は迷いも見せず「そうしなさい」と告げた。さらに、

「もしも十兵衛さんがお前さんの身を案じる行動を起こさなかった時には、ずっとここにいればいい」

とも続けた。一悟は驚いた表情を浮かべ、「ありがとうございます」と頭を下げた。大輔も父の言葉をありがたいと思った。家出の目的はこれで完全に果たされたと言っていい。

それなのに、どういうわけか大輔の心は弾まなかった。嬉しくてたまらないという気持ちにはなれなかった。

どうしてなのだろう。そう考えてみた時、答えはすぐに分かった。

一悟が本当に望んでいることは、父を忘れて、この大和屋でずっと暮らしていくことではないからだ。一悟が本当に望んでいることとは……。大輔自身にもうよく分かっていた。

一悟が十兵衛と待ち合わせの約束をしている十五日までは、何事もなく過ぎていった。しかし、十五日当日は一悟ばかりでなく、大輔も落ち着かない気持ちにならざるを得ない。

もしも十兵衛と思《おぼ》しき人物が現れたらすぐ知らせるように、朔右衛門は旅籠の奉公人たちに命じている。また旅籠の方には現れず、一悟本人との接触を図ることもあり得たから、大輔はこの日、ずっと一悟から離れずにいた。

心配するな、お父つぁんはちゃんと来てくれるさ――その言葉は何度も胸の中で呟いたが、直に言うことはできなかった。一悟の切羽詰まった境涯を思えば、安易な言葉をかけるべきではない。

とはいえ、当日のうちに、十兵衛が大和屋へ現れるとは限らないだろう。むしろ日暮れまでは待ち合わせの不忍池にいる見込みが高く、様子を見に来るのは夜かもしれない。場合によっては明日かもしれないし、明後日になるかもしれない。

そういうことを考え始めるときりがなく、どこで踏ん切りをつければいいのか分からなくなる。そんな一悟の心を思いやると、大輔の腹はきりきり痛んだ。

この日、日暮れまでは特に何もなかった。問題はその先で、刻々と夜が更けていくにつれ、十兵衛が一悟を捨てた見込みが高くなっていくのだ。

（一悟のお父つぁん、来てくれよ。一悟のところへ来い！）

旅籠の奥にある住まいの居間で、明かりを点すことも忘れ、大輔は祈るような思いを抱えていた。

「一悟ちゃん、大輔っ！」

旅籠の方に出ていた花枝が大きな声で駆け込んできたのは、その時である。

「なあに、明かりも点《つ》けないで。いないのかと思っちゃったじゃないの」

薄暗がりの中、黙り込んでいた二人を見つけ、驚いて言う花枝に、

「何があったんだよ」

と、大輔は叫び返した。

「十兵衛さんがね、うちへ来たのよ」

花枝はそう言って、一悟に顔を向けた。大輔も一悟の方を見たが、暗がりの中で表情はよく見えない。一悟は花枝の知らせを聞いても、何の言葉も発しなかった。

「宿の前をうろうろしていたのを、うちの奉公人が見つけてつかまえたの。宿の中

へ入りづらくて躊躇っていたそうだけれど、見つかったら覚悟が決まったみたいで、一悟ちゃんはまだここにいるか、いるなら会わせてほしいと言ったそうよ」

朔右衛門がすぐに呼ばれて十兵衛と対面し、今からそろってこちらへやって来るという。花枝は急いで行灯《あんどん》の火を点す支度にかかった。

行灯の火が点くと、一悟の顔がはっきり見えた。表情を失くした一悟の顔は少しばかり蒼ざめている。

大輔は一悟の隣に寄り添うと、その太腿《ふともも》に置かれた握り拳を、自分の手で包み込むようにした。大丈夫だ、自分が付いているというつもりだった。一悟を捜しに来た以上、十兵衛は息子を見捨てるつもりはないはずだ。だが、それを手放しで喜べないのは、十兵衛の本心がまだ分からないからであった。一悟を取り戻したいとは思っていても、また二人で騙り集りをしようというのでは一悟の心は暗くふさがれたままである。

大輔が一悟の拳に手を置いてすぐ、朔右衛門と十兵衛が現れた。十兵衛は申し訳なさそうに背中を丸めていたが、部屋へ入ってくるなり、一悟を食い入るように見つめ、ほっと安心したような表情を浮かべた。一悟は十兵衛に目を向けたものの、訴えかけてくる父親の目から逃れるように、すぐにうつむいてしまう。

それから、朔右衛門と十兵衛が一悟の前に座り、花枝と大輔もその場にいていいということになった。

「十兵衛さんはお前さんが約束の場所に現れないので、心配になって様子を見に来たそうだよ」

と、まず朔右衛門が一悟に告げた。十兵衛がここを去ってからの出来事、また一悟から聞いた話については、朔右衛門がすでに語り聞かせたという。また、十兵衛が騙りをしてきたことも問いただしたそうだが、それは認めぬまでも、あえて抗弁してはいないらしい。

「この場では、騙りはなしにしてくれよ、お父つぁん」

それまでうなだれていた一悟が不意に顔を上げ、十兵衛に目を据えて言った。

「大和屋の皆さんは、もうお父つぁんのしてきたことをぜんぶ分かってるんだからさ」

一悟の言葉に、十兵衛は少しばかり目を見開いたが、

「ああ、分かった。騙りはなしだ」

と、素直に応じた。十兵衛の言葉を信じてよいかどうか、大輔には判断のしようがないが、いつもよりずっと真面目にしゃべっているようには見える。

「大和屋の旦那さんから聞いた。お前はお父つぁんとはもう一緒に旅をしたくないんだってな。そんで、約束の場所にも自分の考えで行かないと決めたって」

「一緒に旅をしたくないんじゃなくて、今までのような旅は嫌だと言ったんだよ」

一悟は十兵衛から目をそらして、きっぱり言った。

「お前、どうしちまったんだ」

十兵衛は途方に暮れた様子で訊いた。

「二人で旅してきて楽しかったろ。お前が役に立つようになってくれて、お父つぁんは本当に嬉しかった。男手一つで育ててきた甲斐があったと思ったね。そりゃあ、お前が小せえ時、世話するのは大変だったんだから」

「それは……」

一悟の口が不意に止まってしまう。再びうつむいてしまった一悟に代わり、

「十兵衛さん」

と、口を開いたのは朔右衛門であった。

「その話を今、一悟に聞かせるのは酷というもんだし、卑怯《ひきょう》でもあるんじゃないですかね。小さい頃の面倒を見てやったんだから、これからは親の役に立てって言ってるようなもんでしょ。それじゃあ、子供を育てたのはそのためだったのかってことになる」

「それのどこがいけないんですか、大和屋さん」

突然、十兵衛は居直った様子で言い返した。

「騙りはするなっていうから、今はあっしも騙りなしの本音でしゃべってますよ。その本音ってやつを言わせてもらうなら、一悟を育てたのはあっしの相棒にしたかったからでさあ。大和屋さん、あんただって倅を育てるのは、いずれ自分の跡を継いでほしいって思ってのことでしょ」

「それを言われたら、まあ……」

朔右衛門の物言いは歯切れが悪くなる。

「そりゃあ、旅籠を営むのと、あっしがしていることには、大きな差があるでしょうよ。けど、そのことは脇へ置いて、今は何のために倅を育ててるかって話ですよね。だったら、あっしのしていることとおたくのしていることのどこに違いがあるっていうんですか」

十兵衛は勢いに乗ってしゃべり散らした。朔右衛門は沈黙している。

お父つぁん、頑張れ――と大輔は心の中で声援を送ったが、今の十兵衛の言い分に対し、どう切り返せばいいのか分からない。ともすれば、十兵衛の言っていることは正しいように思えてしまうのだ。

しかし、朔右衛門はややあってから、

「違いはありますよ」

と、落ち着いた声で応じた。

「私も大輔に旅籠を継いでほしいと思っているし、そう育てていくでしょう。それでこの先、大輔が私に従わないということになれば、そりゃあ文句も言うだろうし、諍《いさか》いもするとは思いますよ。けどね、その時、今まで育ててやった恩を返せと言うつもりはない。話し合いが物別れに終わって、最後は勘当なんて事態になったとしても、育ててきたことを悔やんだり、そのためにかかった手間暇や金を惜しんだりはしませんよ」

「あっしだって、別に……」

手間暇や金を惜しいと思っているわけじゃない――そう言いたいのだろうが、そう続ける前に、十兵衛は口をつぐんでしまった。

「本気でそう思ってるのなら、口にする言葉が違っていますよ、十兵衛さん」

朔右衛門が畳みかけるように言った。

「役に立ってくれたからこそ育ててきた甲斐があった、じゃなくて、お前がどうしても騙りは嫌だって言うのなら、ここでお父つぁんとはお別れだ――そう言うべきでしょう」

「そんな……」

一悟と別れることだけは受け容れられないという様子で、十兵衛は抗弁しようとする。しかし、どう言えばいいのか分からないらしく、その言葉は続かなかった。

「まだ他にも言い方はあるよ」

大輔は思わず話の中に割り込んでいった。

「いつまでもお前のお父つぁんでいたいから、自分も騙りはやめる。そう言えばいいんだよ、一悟のお父つぁん」

大輔はすがるような目を十兵衛に向けた。十兵衛の眼差しが初めて大輔の方に流れてくる。その目は思ってもみなかったことを言われたというふうに瞬いていた。

朔右衛門と花枝は黙って十兵衛の口もとを見つめている。一悟はうつむいたまま、十兵衛の方を見ようとしない。何かに耐えるかのように、太腿に置かれた両の拳が震えていた。

十兵衛はそんな一悟の様子をしばらくじっと見つめていたが、ややあってから、居住まいを正して口を開いた。

「お前がそういうことを心の中で考えてたってことに、お父つぁんは気づいてやれなかった。お前がおかしな幽霊に取り憑かれちまったって話も聞いたが、それはお父つぁんのせいだったんだな」

続けて「お父つぁんが悪かった」としみじみ告げた十兵衛の声には、それまでとは違う温《ぬく》もりがこもっていると大輔には感じられた。それでも、一悟は顔を上げようとしない。

「今の気持ちを正直にいえば、真っ当な生き方に戻るのはしんどいよ」

少し情けなさそうな声になって、十兵衛は続けた。

「けど、倅を捨ててまで楽な思いをしたいわけじゃねえ。騙りを続けたいわけでもねえ。お前のいない旅を思い浮かべると、何だか虚しくなっちまっていけねえや」

倅への思いやりと照れくささを滲《にじ》ませた十兵衛の物言いに、嘘偽りはない。

「あっしも焼きが回ったんですかねえ」

十兵衛は朔右衛門に照れ笑いを見せた。それから、一悟の方へ顔を向けると、

「騙り集りの父子草は、今日を限りに終わりだ。お父つぁんは騙りはやめて真っ当になる。それでも、お前はお父つぁんと旅を続けるのは嫌かい」

と、十兵衛は尋ねた。どことなく、返事を恐れるような調子がうかがえる。

一悟はゆっくりと顔を上げた。そして、皆が注目する中、その口は静かに開かれた……。

三

それは初夏の頃であった。小烏丸は主人である平重盛の腰に佩《は》かれ、中宮《ちゅうぐう》の御所へ向かった。

中宮とは高倉《たかくら》天皇の后《きさき》で、重盛の異母妹徳子《のりこ》である。その御所へ参上するのはめ

ずらしいことではなく、小烏丸が伴われるのもよくあることであった。

伴われるといっても、この頃の小烏丸はまだ付喪神としてカラスの姿になれたわけではない。ただ、平家重代の太刀としての自覚を持ち、今の主人が平家一門の棟《とう》梁《りょう》である重盛と分かっていただけだ。

重盛はこのところ具合が悪く、小烏丸は主人の身を案じていた。重盛は悩みが深い。

その中身はさまざまあるが、すでに出家して隠居の身となった父清盛と後《ご》白《しら》河《かわ》法皇の間柄が滑らかでないこと、重盛の後継者の座をめぐって一門内で揉めていたことなどが挙げられる。本人たちはともかくとして、重盛の異母弟宗《むね》盛《もり》と重盛の長男維《これ》盛《もり》はどちらが後継者にふさわしいか、世間の注目を集めていた。

そうした悩みごとが体に祟《たた》ったのか、重盛が近頃は血を吐いているのも、小烏丸は知っていた。重盛は父の清盛や息子の維盛にさえ、そのことを隠していたけれども。

重盛はその日も不調を隠し、少なくとも外見は堂々たる態度で、徳子のもとへ向かった。御座所の簀《す》子《のこ》（縁側）から奥へ入っていこうとした時であった。前を進む案内役の女房が、ひぃっという悲鳴を上げた。

重盛はただちに前へ飛び出し、女房を自らの背に庇った。その手は小烏丸の柄《つか》にかけられている。

初めは何が起きたのか分からなかったが、やがて、女房を驚かせたのは一匹の白蛇であったとすぐに分かった。何と、その蛇は建物の中へ入り込み、簀子を這っていたのである。人の姿を見れば逃げていく蛇が多いものだが、なぜかその蛇は逃げ出さなかった。

何という図々しい白蛇だと、小烏丸は憤慨した。我らの威に打たれ、さっさと尻尾《しっぽ》を巻いて逃げ出せばよいものを。

いつまでも動かぬものだから、その蛇はあっさり重盛の手に捕らえられてしまった。

重盛はこの蛇を始末するつもりなのだろうかと、小烏丸は思った。蛇がどうなろうとさしたる関心はなかったが、重盛は蛇の命を奪いはしなかった。

「誰か中宮職《しき》の者はおらぬか」

そう声をかけたのだが、ふだんならすぐに現れる御所の役人がなかなかやって来ない。いや、すぐそばに控えているのは気配で分かるのだが、蛇の始末を任されると分かっているから、姿を見せようとしないのだ。

重盛は困惑した様子で、周りを見回した。すでに徳子に来訪を取り次いでもらっていたから、遅くなれば心配をかけることになる。といって、まさか蛇を持ったまま、徳子の前に出ていくわけにはいかなかった。

やがて、重盛の目が庭に控えている若侍の姿に止まった。侍も重盛の方を見ていた。

重盛は扇で侍を招くようにし、侍は急いで簀子まで駆けつけてきた。

「名を何と申す」

重盛が訪ねると、

「渡辺競《わたなべのきおう》と申します、小松内府《こまつのないふ》さま」

と、はきはきと答えた。相手は重盛の素性を知っていた。重盛の邸は小松谷にあったため小松殿と呼ばれ、内府とは内大臣――この頃の重盛の官職である。

「渡辺とはあの渡辺党の者か。摂津《せっつ》源氏の配下であるという……」

重盛の言葉に渡辺競は「はい」と答えた。主人は源三位《げんざんみ》（源頼政《よりまさ》）の子息、仲綱《なかつな》であるという。

「さようか。では、渡辺競、おぬしはこの蛇を持ち運べるか」

重盛が問うと、競はちらと蛇に目を向け、

「何ほどのことでもございませぬ」

と、答えた。

「では、よろしく頼む」

そう告げて、重盛は手にしていた蛇を競に預けた。競はそれを平然と受け取ると、そのまま庭の奥へと進んでいき、建物から遠のいた草むらに蛇を放った。すると、蛇は黄色い花の咲き乱れている草むらへ、あっという間に姿を消した。

「ほほう、あれは蛇含草だな」

重盛が面白そうに呟くのを、小烏丸は聞いた。きっと蛇の好きな草なのだろう。

こうして一件落着すると、重盛は背に庇っていた案内役の女房を再び先に立て、何事もなかったように徳子の御座所へと向かった。その女房に「蛇の一件は中宮さまには黙っているように」と念押ししたのは、徳子を怖がらせたくなかったからだろう。

「何かございましたか、小松の兄上さま」

奥で対面した時、徳子はすぐにそう尋ねてきた。

「いいえ、何もございません」

重盛は落ち着いて答えたが、徳子の表情には憂いの色が刷《は》かれている。

「ですが、いつもよりお出《い》でに時がかかりましたわ。それに、外の方で何やら侍をお召しになっておられたようではございませんか」

「ご心配には及びませぬ。中宮さまの御身をお守りするため、私どもがいるのでございますから」

これからも何かあればいつでも兄を頼ってください――と続けただけで、何が起きたのか、重盛が徳子に告げることはなかった。

一方、渡辺競に対しては手厚い褒美《ほうび》を与えた。何と馬を一頭くれてやったのである。

これには重盛の周りの者たちも驚いていたが、小烏丸も驚いた。馬は武士にとって太刀と同じく貴重なものだ。その魂を分かち合うほどのものと言ってもいい。一門の配下でもない侍に、なぜそこまでしてやるのか。その理由を重盛が人に語ることはなかったので、小烏丸も知りようはなかったのだが、その後間もなく、中宮徳子が懐妊したことと関わっていたかもしれない。平家一門の人々が待ちに待った吉事――もしかしたら、あの蛇を懐妊の予兆ととらえたのではないか。あるいは、あの時、蛇の命を奪わなかったことが、中宮に吉事をもたらしたと考えたのかもしれない。

ただ、いずれにしても、馬の褒美は行きすぎたものに違いなかったので、後に渡辺競の主人である源仲綱がわざわざ重盛の邸まで礼を述べに現れた。この時、小烏丸は重盛と共に仲綱の顔を見た。

「この度は、我が家の侍、渡辺競めに多大なるご恩顧をこうむり……」

恐縮した様子で、仲綱は挨拶した。その態度はごく自然なものであった。

「いや、競のような者こそ、まさしく豪胆な武士の範と申すべきであろう」

穏やかに受け答えをする重盛の様子にも、特別なところはなかった。しかし、重盛が何の気なしに小烏丸の鞘《さや》に手を置いた瞬間、小烏丸は重盛の内心の声を聞いてしまったのだ。

(仲綱は裏切り者の相《そう》をしている)

この男はいずれ平家一門を裏切る。重盛の心の声は確信に満ちていた。それで、小烏丸は初めて知った。重盛が人ならざる力を持っているということを――。人の力ではどうにも変えられぬ運命の行く末を見通しているということを――。

その重盛は小烏丸の鞘を握り締めつつ、この太刀を誰に託そうかと頭を悩ませていた。源仲綱が何事もなく帰っていった後もずっと考え続けていた。その内心にあふれる強い思いは重盛の手を通して、そのまま小烏丸に伝わってくる。

（この太刀を受け継ぐのは、次なる棟梁。だが、維盛が一人前になるまで、私が生きていてやることはできぬ）

重盛は、自身に残された時があまりないことを、自覚していた。

（我が死後のことはどうしようもない。だが、弟たちにせよ我が子らにせよ、一門の男子は自力で苦難を乗り越えるしかないのだ。それに耐え切れぬ者は滅び去ればよい）

人の運命を見切ってしまった者の持つ、ある種の暗い諦観が重盛の心には巣くっていた。

重盛がこんなにも暗い心情を常に抱えていたのかと思うと、小烏丸はぞっとし、言いようもなく悲しくなった。こんな気持ちを抱えて、人は生きてはいけないだろうに。この人はこれほどの重荷を背負って生きてきたのだろうか。もしかしたら、重盛にとって死は救いなのかもしれない。小烏丸がそこに思い至ったその時、

（だが、中宮さまだけは――）

と、小烏丸を握る重盛の手に、思いがけない力がこめられた。暗く静謐《せいひつ》だったその心が突然激しく渦巻き始める。

（私のために入内《じゅだい》するとおっしゃってくださった中宮さま、あの方だけは何としてもお守りして差し上げねば――。我が一門の武将が総力を挙げて）

叶うならば、我が手でお守りしたい。そのためだけに生き長らえたい。重盛はそう願っていた。

そうか、この人は死を願う一方で、これほど熱い気持ちも持っていたのかと、小烏丸は悟った。そして、この気持ちこそがここまで重盛を生き延びさせてきたのだとも。

だが、その想《おも》いすら、もはや重盛の命をつなぐことは叶わなくなった。

（誰を棟梁と為せば、中宮さまをお守りできるのか）

重盛は情けを排して、それだけを冷静に考えようとしていた。そして、まだ若すぎる我が子維盛には無理だと、冷徹に見定めたのであった。

（ならば、我が弟の宗盛殿）

重盛の脳裡に浮かんでいるのは、異母弟宗盛の顔であった。重盛に比べれば器は小さかったが、重盛の死後、清盛の子息たちの中で最年長の者となる。そして、何より中宮徳子と母が同じだった。徳子が最も信頼し、誰よりも頼れる武将であることに間違いない。

小烏丸はふと、重盛が幼い宗盛を連れて遊びに出かけた時のことを思い出していた。

あの時、怪我をして泣く宗盛を、重盛は薬草の搾り汁で手当てしながら慰めていた。兄弟の周りには、弟切草《おとぎりそう》の黄色い花が群れ咲いていたのだった――。

四

「おい、恥知らずのカラスめ。いつまで寝ているか」

何か硬いもので小突き回され、不愉快極まりない思いで小烏丸は目を覚ました。

「何をするか、無礼者め。我は平家重代の太刀、小烏丸さまだぞ」

声を張って咎めると、「何を寝ぼけている」と抜丸のあきれ果てた声に言い返された。

「寝ぼけてなどおらぬ。お前の方こそ恥を知れ」

小烏丸は抜丸に目を剝き、次の瞬間、何かがおかしいと気づいた。抜丸は白蛇の姿をしている。ということは、巻きつかれて首を絞められることはあっても、触れて「硬い」という感触はないはずであった。抜丸には小烏丸のように立派な足も嘴もないのだから。

と思って、首をめぐらした小烏丸は、そこに足と嘴を持つ生き物を見た。しかも、そのどちらも小烏丸より立派な代物だ。

「おぬし、目が覚めたのか」

小烏丸は怒りも忘れて驚きの声を上げた。傍らにいたのは、鷹のアサマであった。

数日前の四谷の一件で、気を失っており、小烏神社で治療を受けていたのだが、その甲斐あって目が覚めたらしい。怪我をしていたわけでもないから、目覚めてすぐに動き回れるようになったようであった。

「うむ。宮司殿と医者の先生のお蔭でな」

と、アサマは穏やかな調子で嬉しげに答えた。すっかり元気になったらしく、竜晴と泰山に深く感謝しているようだ。それはよかったと言いかけて、いやいやと小烏丸は思い直した。アサマの嘴と爪に鋭い目を注ぐ。

「我の眠りを妨げたのはおぬしか」

「それは……」

アサマは少し言いよどんだものの、

「足で揺さぶったのは確かにそれがしだが、そこの抜丸殿にやれと言われたゆえ、従ったまでのこと」

と、すぐに言い逃れた。

「卑怯ではないか」

小烏丸は抜丸に怒りの目を向けたが、「何が卑怯なものか」と抜丸はぬけぬけと言い返してくる。

「お前が悪夢にうなされ、『裏切り者』と喚いていたから起こしてやったのだ。むしろ私たちに感謝いたせ」

「裏切り者……？」

「それはまことだ、小烏丸殿」

と、アサマが横から口を添えた。いつの間にやら「小烏丸殿」などと親しげに名を呼んでくる。しかし、悪い気はしなかった。

「誰かに裏切られる夢でも見たのかな」

アサマから訊かれ、小烏丸はふと考え込んだ。

「いや……それがよく覚えていない。蛇の夢を見ていたように思うのだが……。いや、馬だったか」

「蛇と馬ではまるで違う。どうやったら、両者を取り違えることができるのか」

抜丸があきれた口ぶりで言う。

「いや、取り違えたのではないかもしれない。蛇と馬、それに裏切り者で思い当たることはないのか」

アサマが執《と》り成すように、抜丸に訊いた。抜丸は少し考え込む様子を見せたが、

「ふむ。それならば……」と言い出した。

「前に、こやつに平家ご一門を裏切った輩について話してやった折、度忘れした源氏の男がいたんだが、後で思い出したんだ。話してやるのを忘れていたが、その男がまさしく蛇と馬に関わっていた」

源仲綱という者だと、抜丸はその名をおもむろに告げた。

「源仲綱……？」

怪訝な声を出した小烏丸に、抜丸は「まあ、順を追って話してやる」と偉そうに言った。小烏丸は少しかちんときたが、ここは黙っておき、好きに語らせることにする。

重盛が仲綱配下の侍に蛇を託し、騒ぎを防いだ功を嘉《よみ》して名馬を与えたという話を、小烏丸は聞いた。

「いい話じゃないか」

重盛の立派な人柄を伝える話に嬉しくなって、小烏丸は言った。ついでに言えば、蛇が皆から煙たがられている点も、気に入っていたのだが……。

「ところが、重盛さまが亡くなられた後、跡を継いだ宗盛さまの代になって、仲綱めはご一門を裏切ったんだ」

平家打倒の軍勢に加わったのだと、抜丸は告げた。しかも、その裏切りの要因にも馬が関わっていたという。

仲綱は「木の下《こした》」という名馬を持っていたのだが、宗盛がそれを召し上げたのだそうだ。それを不満に思った仲綱は文句を言い、それが宗盛の耳に入った。

「お怒りになった宗盛さまは『木の下』の額に『仲綱』という焼き印を押したそうな。その後は馬を『仲綱』と呼び、仲綱当人を辱《はずかし》めた。それを恨んだ仲綱はご一門を裏切ったというのだが……」

「そりゃあ、ひどい話だ」

小烏丸は遠慮のない口ぶりで言った。重盛のことも宗盛のことも思い出せなかったが、宗盛の行いがまずいことは分かる。重盛のいい話を聞いた後だけに気分も悪くなった。

「しかし、本当のところは分からない。私がその話を知ったのはご一門が滅んだ後のことだからな」

と、抜丸は慎重に付け加えた。

「後の世に伝わる話など眉唾《まゆつば》ものが多いというぞ。何せ、勝ち残った者が話を伝えていくのだからな」

アサマが、どことなく沈んだ小烏神社の付喪神たちを慰めるように言った。

「今の話も平家一門の本流が滅んだ後、あえて宗盛さまが悪者にされたのかもしれない。宗盛さまは一門の本流が滅んだ時の棟梁だったのだろう？」

本流、本流とうるさくくり返すのは、アサマの今の主人である伊勢家が平家一門の傍流だからなのだろう。

まあ無理もないかと、小烏丸は黙っておくことにした。

「しかし、重盛さまはご生前も死後もよい話しかないようだな。おそらく、文句のつけようのないお人だったに違いあるまい」

本人のことは思い出せないながらも、かつての主人を誇らしく思いながら小烏丸は言う。抜丸もアサマも軽くうなずいただけで、言葉を返してはこなかった。

アサマが目覚めた頃には、三郎兵衛の意識も戻っていたのだが、こちらはアサマのようにすぐに元気になるというわけにはいかず、しばらく床に就いていた。呪にかけられて操られていた損傷が目に見えない形で残っている。さらに、利き腕である右腕に施された焼き印による火傷《やけど》も完全に治るまでには時がかかった。

「火傷には十薬《じゅうやく》（どくだみ）がいい」

泰山はそう言い、十薬の葉を搾ったものを患部に処方した。

「本当は、蘆薈《ろかい》（アロエ）があれば、もっと効き目がいいはずなんだが」

泰山は口惜《くや》しそうに言う。というのも、蘆薈は支那《しな》ではすでに知られた草木で、本草書などにも載っているのだが、この国では普及しておらず、実物が伝えられていたかどうか、伝えられていても無事に育っていたかどうか不明だったのだそうだ。

その後、南蛮人《なんばんじん》たちが入国するにつれ、蘆薈も知られるようになったが、まだ一部の医者や学者たちだけのものであり、泰山は本物を見たこともないのだという。

「いや、先生。十薬もたいそうよく効きます。塗っている間は痛みが和らぎますから本当に助かります」

残念がる泰山をむしろ慰めるように言うのは、患者の三郎兵衛であった。

「まあ、十薬は育ちもよく、この小鳥神社にもありますから」

十薬はさまざまな効能があるというので、泰山は煎じたものを三郎兵衛にもアサマにも飲ませている。

小鳥神社へ来てから五日ほども経つと、三郎兵衛も元気になってきた。さらに用心のため二日を置いた七日後、竜晴のお祓いも済ませ、火傷も大方癒えた三郎兵衛は、アサマと一緒に伊勢家の屋敷へ帰っていった。この日、伊勢家からは迎えの使者がやって来たが、貞衛自身は所用のため来ることができなかった。

「また改めて礼に参りますと、主人がくれぐれも申しておりました」

と、使者は貞衛の言葉を伝えた。三郎兵衛が深く感謝したのはもちろんのこと、アサマも竜晴や付喪神たちに礼を述べ、さらに「これからは、頻繁に参上させてもらいたい」と最後に付け加えている。

「それはかまわぬが、伊勢殿に要らぬ心配をかけぬよう、まあ、ほどほどに」

と、竜晴は返事をした。

「おぬしらは我が主の剣大刀と見た」

おぬしらとは、竜晴と小烏丸、抜丸のことを言うらしい。蛟龍をつかまえる剣大刀が欲しいと切実に述べていた時と異なり、アサマの顔つきは晴れやかである。

こうして伊勢家の一行が神社を去っていった翌日のこと。

今度は、大和屋の人々が小烏神社へ現れた。朔右衛門と花枝、大輔に加え、十兵衛と一悟の父子もいる。

「十兵衛さんが戻ってこられたのですね」

朔右衛門と十兵衛を交互に見ながら言う竜晴に、

「まことに、とんだご迷惑をおかけいたしやした」

と、十兵衛は庭先にいきなり土下座して言った。

「いや、私にそう言われても困る」

竜晴はすげない言葉を返したが、「そんなことはありません」と、一悟が懸命に言った。

「ぜんぶお嬢さんと大ちゃんから聞きました。俺を助けてくださったのは宮司さまです。お父つぁんもその話を聞き、俺があんなふうになったのは自分のせいだって認めました。その上で、宮司さまにご迷惑をかけたことを謝ってるんです」

「そういうことなら、十兵衛さんの謝罪を受けるのはかまわぬが、しかし、謝るべきは他におられよう」

「そのことは、よおく分かってます。これは騙りじゃなくって、本心からの言葉ですんで」

十兵衛はくり返し頭を下げて言った。

「まあ、いろいろありましてね」

朔右衛門がその場を収めるように言い、それから家の中でくわしい話が交わされることになった。もっとも、十兵衛は中へ上がるわけにはいかないと言い、それなら一悟も大輔も上がらないと言うので、家へ上がったのは竜晴と朔右衛門と花枝の三人だけである。

そこで、竜晴は、四谷で一悟たちと別れてからの出来事をすべて聞かされた。一悟が父親の騙りをどう思っていたのか、に始まり、大和屋に舞い戻った十兵衛がどんなことを言い、一悟の本心を知ってどう心を変えたのか、に至るまでの話をすべて。

最後には十兵衛も反省し、騙りはやめると誓った上で、それでも自分と一緒に旅を続けるのは嫌か、と一悟に問うたのだが……。

「その時、一悟はこう言ったんです。これまで人から騙し取ったお金を、お父つぁんがちゃんと働いて返すのなら、自分も一緒に付いていくってね」

十兵衛はありがてえと本心から喜んだ。そして、朔右衛門に対しても詫びを入れた上で、今後は心を入れ替える、大和屋の客から騙し取った金も返す、と告げた。

朔右衛門はそれを受け容れ、十兵衛を旅立たせることにしたという。

「結局、旅を続けて、騙した相手の居場所を回り、返せる金は返していくそうです。許してもらえなければ、その場所で罪を償うと言いますんで」

「大輔は寂しがるでしょうが、一悟ちゃんの気持ちがいちばんですから」

花枝が横からそう言葉を添えた。三人は黙り込み、庭にいる大輔に目を向けた。

大輔と一悟は楽しげに話をしており、時折、笑い声も上がっている。

「大輔は一悟ちゃんを引き止めはしませんでした。一悟ちゃんを困らせることになると、分かっていたからでしょうね」

花枝が呟いた時、外から弾けるような明るい声が上がった。

「あっ、蛇だよ。白い蛇」

一悟の大きな声は家の中まで聞こえてきた。

「白い蛇は縁起がいいんだよな」

と、大輔が自分に言い聞かせるように言う。

「うん、そうだよ」

一悟が明るい声で言った。

「いつかまた大ちゃんと会える幸運の兆しだね」

「ああ、そうだな」

力強く言葉を返す大輔の声が、まぶしい夏の空へと吸われていく。その通りだと請け合うように、樹上のカラスがカアと鳴いた。

【引用和歌】
虎に乗り古屋を越えて青淵に　蛟龍とり来む剣大刀もが（境部王『万葉集』）

【参考文献】
寺島良安編『和漢三才図会』より巻九十四（中近堂）
梶原正昭・山下宏明校注『平家物語』㈠～㈣（岩波文庫）
桂米朝著『米朝落語全集　増補改訂版　第四巻』（創元社）
『思いがけない話〈ちくま文学の森6〉』より桂三木助演「蛇含草」（筑摩書房）

この作品は書き下ろしです。

花にまつわる
新シリーズ第一弾。
書き下ろし

弟切草

小鳥神社奇譚

篠 綾子

兄弟をつなぐ一輪の花。
その花言葉は、「恨み」。
若き宮司と本草学者は、兄弟の秘密に迫り、
彼らの因縁を断ち切ることができるのか。

幻冬舎時代小説文庫

蛇含草《じゃがんそう》

小烏神社奇譚《こがらすじんじゃきたん》

篠綾子《しのあやこ》

令和3年6月10日　初版発行

発行人——石原正康
編集人——高部真人
発行所——株式会社幻冬舎
〒151-0051東京都渋谷区千駄ヶ谷4-9-7
電話　03(5411)6222(営業)
　　　03(5411)6211(編集)
　　　振替00120-8-767643
印刷・製本—図書印刷株式会社
装丁者——高橋雅之

幻冬舎時代小説文庫

ISBN978-4-344-43100-3　C0193　し-45-3

幻冬舎ホームページアドレス　https://www.gentosha.co.jp/
この本に関するご意見・ご感想をメールでお寄せいただく場合は、
comment@gentosha.co.jpまで。